PROXIMA-LOGBUCH 3:
IN DAS LICHT

Hard Science Fiction

BRANDON Q. MORRIS

BRANDON Q.
MORRIS
HARD SCIENCE FICTION

ISBN: 978-3-96357-213-5

Lizenzausgabe des Belle Époque Verlags, Dettenhausen, mit freundlicher Genehmigung des Autors.

Brandon Q. Morris c/o Matthias Matting

Sieglgut 51, 94034 Passau

www.hardsf.de

brandon@hardsf.de

Lektorat: Dr. Ulrike Bunge

Korrektorat: Alexandra Gentara

Covergestaltung: Jelena Gajic

Druck: Custom Printing, Warszawa, Polen

Brandon Q. Morris ist ein beim DPMA eingetragenes Warenzeichen des Autors

BE
Belle Époque Verlag

Inhalt

· In das Licht

Dunkelnacht 40, 3890, Majestätische Dracht

»Nein, das ergibt doch überhaupt keinen Sinn«, sagt Marchenko.

Jetzt weiß er auch, warum Gronar ihn unbedingt allein in der alten Zentrale treffen wollte. Der General will vermeiden, dass einer von ihnen das Gesicht verliert. Und das wird zweifelsohne das Ergebnis dieses Gesprächs sein, denn was Gronar da fordert, ist überhaupt nicht hilfreich. Im Gegenteil, ihre Chancen werden sinken, weitere Adams und Evas oder auch nur deren Nachkommen zu finden.

»Ich bestehe darauf«, sagt Gronar.

Vor ihnen leuchten dreidimensional die Sterne, und Gronar scrollt mit dem seltsamen Mehrfingersystem der Grosnopfe durch die Darstellung.

»Aber sieh es dir doch an«, sagt Marchenko. »Dieses System existiert auf irdischen Sternkarten nicht einmal! Dorthin hat der Schöpfer nie und nimmer ein Messenger-Schiff geschickt. Wir verlieren viele Jahre!«

Dass der Grosnopf auch ausgerechnet diesen Roten Zwerg aussuchen musste! Er befindet sich aus der Perspektive der Erde schon seit über tausend Jahren so nah an

Sirius, dass er von dem hellsten Stern am Nachthimmel in jedem Teleskop überstrahlt wird. Nach noch einmal tausend Jahren wird er vielleicht wieder sichtbar werden. Das nächste brauchbare System ist von dort mindestens fünf Lichtjahre entfernt. Sie büßen mit einer Reisegeschwindigkeit von einem Fünftel c deshalb mehr als 40 Jahre ein.

»Es ist ein sehr alter Roter Zwerg«, sagt Gronar. »Von ihm gehen also keine gefährlichen Flares mehr aus, anders als bei Einsonne. Die Wissensbewahrer haben sieben Planeten in seinem Orbit gefunden. Drei davon kreisen in der habitablen Zone, und es handelt sich bei mindestens sechs um Gesteinsplaneten. Das könnte die neue Heimat meines Volkes sein!«

»Das ist doch ein langfristiges Ziel. Auf ein paar Jahre mehr oder weniger kommt es da auch nicht mehr an.«

»Vorsicht, Marchenko. Du bist Gast der Majestätischen Dracht. Ich schätze dich sehr. Du hast mir das Leben gerettet und ich dir. Das macht uns sogar zu Brüdern. Aber du darfst es nicht übertreiben. Ich bin meinem Volk verpflichtet.«

»Entschuldige, Gronar. Ich verstehe das Bedürfnis der Grosnopfe, das Problem der Überbevölkerung zu lösen. Aber wenn ihr immer nur neue Welten besiedelt, wird euch das Problem durch die ganze Milchstraße begleiten!«

»Das sagt ausgerechnet der, der uns das Töten unseres Nachwuchses moralisch vorhält. Ich würde sehr gern jeden Grosnopf aufwachsen sehen, der es schafft, aus seinem Ei zu schlüpfen. Ich bin nicht unsterblich, im Gegensatz zu dir. Und ich wünsche mir nichts mehr, als das noch zu erleben.«

»Ich will euch ja nicht davon abhalten, aber könnte es nicht ein System sein, auf dem zumindest die Chance besteht, dass wir dort ein Messenger-Schiff finden?«

»Der helle Stern, den ihr Sirius nennt, liegt auf dem Weg. Es kostet uns zwar Zeit, die Dracht zu bremsen und wieder zu beschleunigen, aber ich biete dir an, dort nach dem zu suchen, was dich antreibt.«

Marchenko nimmt die Steuerung des Holo-Displays selbst in die Hand. Die Darstellung zoomt auf einen grellweißen Stern.

»Das ist Sirius«, sagt er.

»Bei uns heißt er Sigu Tolo«, sagt Gronar.

»Das ist für uns überraschend gut auszusprechen.«

»Ja, es ist ein sehr altes Wort. Schon die allerersten Grosnopfe, die noch im Meer lebten, haben sich an Sigu Tolo orientiert. Es ist auch auf Zweisonne der hellste Stern am Himmel und sogar dann sichtbar, wenn Vatersonne herrscht.«

»Kennen eure Wissensbewahrer denn seine Eigenschaften?«

»Ich denke schon. Willst du auf seinen Begleiter hinaus, Po Tolo? Oder darauf, dass er viel heller als Muttersonne ist?«

»Es geht um seinen Begleiter. Dabei handelt es sich um einen Weißen Zwerg. Sirius A und B drehen sich alle 50 Jahre einmal um das gemeinsame Schwerezentrum.«

»Das erinnert mich an Mutter- und Vatersonne.«

»Es läuft aber nicht so reibungslos wie in eurem System. Rund um Sirius kann es keine stabilen Planeten-Orbits geben. Das haben unsere Forscher schon vor langer Zeit herausgefunden. Und selbst wenn es je einen stabilen Orbit gab: Sirius B, der Begleiter, ist ein Weißer Zwerg. Er hat also einen Sternentod hinter sich, bei dem er sich zum Roten Riesen aufgebläht haben muss. Dabei hat er garantiert jeden der nicht vorhandenen Planeten in diesem System sterilisiert.«

»Dann handelt es sich doch nicht um eine Variante unseres Heimatsystems.«

»Nein. Vor allem aber hätte der Schöpfer auch dorthin garantiert kein Messenger-Schiff geschickt. Ich kann den Vorschlag, einen Zwischenstopp bei Sigu Tolo einzulegen, daher nur ablehnen.«

»Das ist deine Entscheidung, Marchenko. Doch das ändert nichts an unserem Ziel. Wir steuern den Roten Zwerg an, den ich dir gezeigt habe. Ich würde dir anbieten, auszusteigen, aber das ist derzeit keine Option. Du befindest dich an Bord des einzigen Großraumschiffs meines Volkes. Wir stellen dir all unsere Ressourcen für deine Suche zur Verfügung. Du solltest jedoch nicht glauben, dies hier wäre allein deine Mission.«

Hellnacht 7, 3926, Majestätische Dracht

EVA IST TOT. Eine flache Linie zieht sich nach rechts über den Bildschirm. Quälende zwanzig Sekunden lang sieht Marchenko ihr dabei zu. Dann schlägt der Pulsmesser kurz aus. Bu-bumm. Für eine Sekunde kehrt seine Tochter ins Leben zurück, dann versinkt sie wieder im Reich der Toten.

Marchenko läuft um den sargähnlichen Behälter herum und sieht Eva durch den gläsernen Deckel direkt ins Gesicht. Ihre Haut ist schneewittchen-weiß, und ihre Lippen sind blass. Eine Sensormaske, von der zahlreiche Kabel abgehen, reicht ihr wie eine Alienfrisur vom Hinterkopf bis in die Stirn. Träumt sie? Er hofft, kleine Muskelbewegungen zu erkennen, die ihm zeigen, dass sie noch bei ihm ist. Doch zugleich fürchtet er das, denn Evas Rhythmus ist so weit heruntergefahren, dass sich ihre Muskeln eigentlich nicht spontan bewegen sollten.

Einmal am Tag regt der Behälter die Muskeln des Insassen elektrisch an. Marchenko hat die zuckenden Bewegungen einmal gesehen, die der ansonsten leblos erscheinende Körper dann ausführt. Er versteht ihren Sinn

– die Muskeln würden sonst verkümmern. Aber es kommt ihm trotzdem wie eine Vergewaltigung vor. Zum Glück können sich die derart Malträtierten später an nichts mehr erinnern.

Bu-bumm. Alle zwanzig Sekunden lässt ein Impuls auch Adams Herz die Bewegung ausführen, mit der es sonst einmal pro Sekunde das Blut durch seinen Körper zirkulieren lässt. Die Kammer reduziert den physiologischen Bedarf aller Zellen auf ein Minimum. Bisher verkraften alle lebenden Passagiere diese Behandlung gut. Aber das sagt nichts über die Zukunft. War es nicht doch egoistisch, Adam und Eva mit auf diese Reise zu nehmen? Auf Zweisonne hätten sie ein relativ normales Leben führen können. Aber vor Ablauf von 300 oder 400 Standardjahren wird die Majestätische Dracht ihren Heimathafen kaum wieder anlaufen. Bei seiner Rückkehr wären seine Kinder längst zu Staub zerfallen gewesen. Wie bisher alle, die er durch diese Reise zu retten gehofft hatte. Vielleicht ist das ganze Vorhaben ja zum Scheitern verurteilt. Aber für dieses Fazit ist es zu früh. Wenn Gronar bloß nicht auf dem Besuch bei einem Sternensystem bestanden hätte, das als Ziel für ein Messenger-Schiff überhaupt nicht in Frage kommt!

Es ist zwar schon 36 Jahre her, aber er weiß noch genau, wie Eva ihn daraufhin beruhigt hatte. Sie hatte in Unterwäsche neben ihrem Behälter gestanden, ihn daran erinnert, wie sie die Grosnopfe wegen ihres Umgangs mit dem Nachwuchs verurteilt hatten, und dann hatte sie ihn umarmt.

Bu-bumm. Die Linie verläuft wieder flach. Es ist anstrengend, seine Kinder so zu sehen. Sie sind der außerirdischen Technik ausgeliefert, die für Grosnopfe entwickelt wurde, nicht für humanoide Lebewesen. Es spricht für die Fähigkeiten ihrer Gastgeber, dass es bisher keinerlei

Probleme gab. Bei Unregelmäßigkeiten würde das System ihn sofort benachrichtigen. Trotzdem kontrolliert er täglich Adams und Evas Schlafbehälter und setzt sich ihrem Anblick aus.

Weil er einsam ist. Das ist ihm erst im vergangenen Monat so richtig klar geworden. 35 Jahre hat er für diese Erkenntnis gebraucht, beinahe drei Viertel der gesamten Flugzeit, obwohl sein Gehirn leistungsfähiger ist als das fast jedes anderen Mitreisenden. Es gibt allerdings ein Wesen an Bord, das womöglich noch klüger ist. Ganz sicher ist er sich da nicht, denn das Allwissen scheint Geheimnisse zu hegen, so wie auch er seine Geheimnisse hat.

Eines davon liegt als Softwarepaket in einem abgeschirmten Speicherbereich des Hauptrechners, auf den nur er selbst zugreifen kann. Er weiß nicht einmal genau, worum es sich handelt. Er hat Hoffnungen, gewiss, und sie gehen in eine bestimmte Richtung. Aber er ist noch nicht so weit, das Paket öffnen zu können.

Hellnacht 3, 3927, Majestätische Dracht

»IST DAS NICHT GEFÄHRLICH?«

Die alte Frau, die vor ihm im Schaukelstuhl sitzt, zeigt mit dem rechten Arm ins Geäst des Baumes. Ein Windstoß streicht über die sattgrünen Blätter, zwischen denen kleine, bräunliche Früchte hängen.

»Was meinst du?«, fragt Marchenko auf Russisch zurück.

Die Worte hören sich seltsam an, als würde er seine Muttersprache gerade erst lernen. Er stößt sich ab, und sein Blick wandert im Takt der schaukelnden Bewegung durch die Krone des Apfelbaums.

»Die Samen sehen aus, als würden sie gleich abfallen. Sie können mich verletzen«, antwortet das Allwissen.

Es hat die äußere Gestalt seiner Mutter, in der es ihm Gesellschaft leistet, wohl seinen Erinnerungen entnommen. Aber auf ihr Wissen und ihr Wesen hat es keinen Zugriff.

»Das sind Früchte. Man nennt sie Äpfel. Die Samen verbergen sich in ihrer Mitte.«

»Ah, wie bei Quetschlingen. Aber du hast meine Frage nicht beantwortet.«

»Keine Sorge. Die Gravitation meines Heimatplaneten ist so gering, dass ein herabfallender Apfel nur in Ausnahmefällen zu Verletzungen führt.«

»Und diese Frucht, die du Apfel nennst, versucht auch nicht, ihren Samen weiterzugeben?«

»Nicht direkt. Sie wird von Tieren als Nahrung verwendet, sodass die Samen in ihrem Kot freigesetzt werden.«

»Interessant. Quetschlinge besitzen einen Injektionskanal, der die Haut des Opfers öffnet, um die Samen tief in den Organismus zu befördern.«

»Adam und Eva haben mir nie davon berichtet.«

»Quetschlingsbäume gibt es auf Zweisonne auch nur auf dem Südkontinent.«

Marchenko nickt, dann schaukelt er weiter. Die Baumkrone wandert über ihm hin und her. Ab und zu dringt ein Sonnenstrahl hindurch. Es riecht nach Moos und Hühnermist. Sie sitzen mitten in einer seiner Kindheitserinnerungen. Es fehlt eigentlich nur, dass seine Tante ihn zum Essen ruft.

Irgendwann wird er sie alle besucht haben. Und dann? 47 Jahre sind eine verdammt lange Zeit. Vielleicht sollte er sich abschalten. Nur 23 Stunden, bis es das nächste Mal an der Zeit ist, nach Adam und Eva zu sehen. Auf Evas Arm haben sich vor drei Wochen seltsame Flecken gebildet. Sie sind grünlich und scheinen eine raue Oberfläche zu besitzen, soweit er das von außen beurteilen kann. Wenn er den Behälter öffnet, weckt er Eva. Dafür ist es zu früh. Das Überwachungssystem hat keine Ahnung. Bei Grosnopfen sind solche Hautveränderungen nie aufgetreten.

»Du machst dir Sorgen um Eva«, sagt das Allwissen.

»Ich hatte dir doch gesagt, dass du mich nicht belauschen sollst.«

»Das habe ich nicht getan. Ich habe lediglich deinen Gesichtsausdruck interpretiert. Mein statistisches Modell hat anscheinend genügend Daten gesammelt.«

»Na gut, du hast recht. Ich mache mir Sorgen um Eva. Diese Hautveränderung ...«

»Wir könnten sie wecken und dann gründlich untersuchen. Ich glaube aber nicht, dass es lebensbedrohlich ist.«

»Ja. Deshalb will ich Eva das Aufwachen nicht zumuten, und vor allem nicht das darauffolgende Einschlafen.«

»Du sehnst dich nach menschlicher Gesellschaft.«

»Das stimmt, Allwissen. Hättest du nicht gern jemanden um dich, der dich versteht?«

»Das ist unmöglich. Niemand versteht mich außer mir selbst. Ein Wesen, das mich verstehen wollte, würde meinen kompletten Speicherinhalt benötigen. Wenn nur eine Episode fehlte, würde der Versuch scheitern. Aber es dürfte auch keine Erinnerungen haben, die ich nicht besitze, denn sie würden alles in ein anderes Licht setzen.«

»Du meinst, es wäre nicht möglich, ein Wesen mit all deinen Erinnerungen, und nur diesen, auszustatten?«

»Doch, es wäre möglich, aber dieses Wesen wäre ich, auch wenn es nicht ich wäre. Wir werden durch unsere Erinnerungen vollständig beschrieben.«

»Wie ein Quantensystem durch seine Quantenzahlen.«

»Genau, Marchenko. Systeme mit identischen Quantenzahlen sind nicht mehr unterscheidbar. Darum kann es kein zweites Wesen geben, das mich versteht.«

Doch. Das Allwissen irrt sich. Er hat so ein Wesen gekannt. Marchenko streckt seine unsichtbaren Datenfinger nach dem Speicherpaket aus, das er von Luhman-16 mitgebracht hat. Er berührt es, dann lässt er es los wie eine heiße Kartoffel. Es ist nicht real, und gerade deshalb ist es gefährlich.

Ein Windstoß fährt dem Apfelbaum unter das Blätterkleid. Eine der Früchte löst sich. Marchenko sieht sie in Zeitlupe fallen. Sie trifft das Allwissen an der Schulter.

»Au«, sagt die alte Frau, die wie seine Mutter aussieht.

Dunkelnacht 17, 3928, Majestätische Dracht

AUF DIESEM PLATZ hat der tote Grosnopf gesessen. Er muss die arme Eva zu Tode erschreckt haben. Marchenko wischt mit den Fingern den Staub von den halbhohen Schaltschränken, in denen Lichter blinken. Die Technik der alten Zentrale funktioniert noch, sogar das Holo-Display. Gronar hatte sie damals mitsamt einigen angrenzenden Räumen komplett in die Dracht umsetzen lassen. Der Turm im ewigen Eis hatte seinem Volk viel bedeutet. Einsonne war der erste Versuch der Grosnopfe gewesen, abseits der Heimatwelt Fuß zu fassen. Er war opferreich gescheitert. Es ist folgerichtig, dass Gronar das System mit den drei potenziell lebensfreundlichen Planeten besuchen will. Er nimmt es ihm nicht mehr übel.

Marchenko platziert sich hinter dem Steuerpult. Er hat sich jede Bewegung gemerkt, die er ausführen muss. Hohe und tiefe Töne dringen aus den Wänden. Sein Hörapparat empfängt auch die Bestätigungen im Ultraschallbereich. Er spielt mit allen vier Händen auf einer Weltraumorgel. Das Holo-Display aktiviert sich und zoomt auf das Ziel. Inzwischen sind sie nur noch weniger als zwei Lichtjahre entfernt und haben noch mehr Daten über das den Menschen bisher unbekannte System gesammelt. Gronar hatte recht. Die drei Planeten sind wirklich vielversprechend. In ihren Atmosphären gibt es Wasserdampf, aber nicht zu viel, Stickstoff und Sauerstoff. Der innerste Planet ist etwas leichter als Zweisonne, die äußeren sind ein Drittel schwerer, doch das kann den Grosnopfen dank ihrer Statur egal sein.

Vielleicht haben sie ja nun wirklich einmal Glück. Es bräuchten nicht mehr 95 Prozent der Neugeborenen zu sterben, wenn es genügend Platz gäbe. Aber wie lange? Was tun, wenn auch die neue Heimat aus allen Nähten platzt? Gronar hatte das nicht hören wollen. Er wird auch nicht mehr am Leben sein, wenn es dann so weit ist.

Für seine eigene Suche sieht es allerdings schlecht aus. Wenn das Planetensystem sich zur Besiedlung eignet, wird die Majestätische Dracht doch zuallererst Siedler hierherbringen müssen. Jedes Jahr, das sie damit wartet, kostet Tausende junge Grosnopfe das Leben. Dafür muss er Verständnis haben, aber es fällt ihm trotzdem schwer. Selbst wenn er nur noch eine Eva und einen Adam retten könnte, sollte man sie nicht mit Tausenden Grosnopfen aufwiegen dürfen.

Und wenn er das Angebot doch annimmt und Sirius besucht? Er betätigt noch einmal die Schalträder. In der Mitte der 3D-Darstellung glänzt nun Sirius. Der bläulich-weiße Stern ist an der Oberfläche fast doppelt so heiß wie die Sonne. Sie kommen Sirius so nahe, dass sie auch einen sehr nah am Stern orbitierenden Planeten entdecken werden, wenn es denn einen geben sollte. Noch ist es nicht so weit. Aber was soll er dort? Er würde damit bloß Adams und Evas Leben gefährden, denn die beiden würden natürlich mit ihm erforschen wollen, was immer es zu erforschen gibt.

Marchenko schaltet das Hologramm ab. Auf der Steuertafel liegt der Staub bestimmt einen Millimeter hoch. Vorsichtig wischt er ihn ab. Dicke Flocken rieseln zu Boden. Trotz ihrer historischen Bedeutung genießt die alte Zentrale im alltäglichen Leben offenbar kaum Aufmerksamkeit. Jetzt, wo alle schlafen, ist es natürlich überall leer, aber auch beim Anflug auf Luhman-16 hatte dieser Bereich keine Rolle gespielt. So ist das wohl mit Denkmälern. Marchenko stützt sich auf seine Tastarme und versucht einen Überschlag. Es funktioniert. Sein neuer Körper, den er gemeinsam mit dem Allwissen entworfen hat, ist viel schlanker als der alte, den die Grosnopfe nach ihrem eigenen Vorbild konstruiert hatten. Er entspricht seinem Selbstbild deutlich besser.

Er verlässt die alte Zentrale. Im Galopp rennt er durch die Gänge. Die vier Arme, zwei Tast- und zwei Lastarme wie bei den Grosnopfen, hat er beibehalten. Sie sind einfach praktisch. Gronar wird ihn vermutlich trotzdem auslachen, weil er freiwillig auf den geschützten Stauraum in seinem Unterkörper verzichtet. Aber er wird seinem Freund schon zeigen, welche Vorteile die Neukonstruktion hat.

Wenn er denn wieder wach ist, in etwa acht Jahren.

Er bleibt unvermittelt stehen. Sein Oberkörper schwankt so, dass er sich mit den Tastarmen abstützen muss. Er ist nicht zum ersten Mal allein an Bord der Dracht. Aber bisher hat er die Einsamkeit nie so direkt und körperlich gespürt wie jetzt. Woran liegt das? Ist vielleicht das Datenpaket schuld, das immer noch gut verpackt auf ihn wartet und das er immer schlechter aus seinen Gedanken vertreiben kann?

»Nein, Marchenko.«

Er lauscht seiner Stimme. Sie ist etwas höher, als er sie in Erinnerung hat. Das muss am geringeren Volumen seines Körpers liegen. Bestimmt lässt sich das an seinem künstlichen Kehlkopf justieren. Es dürfte nicht kompliziert sein. Trotzdem schockiert es ihn, weil er es jetzt erst bemerkt. Seinen neuen Körper besitzt er schon seit acht Wochen. Das heißt, er hat seitdem kein Wort mit jemandem gewechselt. Es ist ja auch niemand da – vom Allwissen abgesehen, das er rein virtuell im Hauptrechner trifft.

Das Datenpaket. Er könnte einen zweiten Körper bauen und es darauf installieren.

Nein, Marchenko, wiederholt er in Gedanken. Das würde ihr Andenken in den Schmutz ziehen. Sie wird für ihn nie wieder real sein.

Dunkelnacht 33, 3928, Majestätische Dracht

ER STEHT VOR EVAS SCHLAFBEHÄLTER. Der grüne Fleck auf ihrem Arm hat sich ausgebreitet. Marchenko setzt den scheibenförmigen Scanner auf das Glas. Das Instrument arbeitet mit Ultraschall. Es versetzt die Scheibe in schnelle Vibrationen, sodass sie Schall aussendet, und misst dann die Rückkopplung mit dem reflektierten Schall. Er hat lange mit dem Allwissen an diesem Gerät getüftelt.

Die nötigen Algorithmen sind eine Spezialität des Allwissens. Es ist beeindruckend, was die von den Grosnopfen entwickelte KI alles kann. Er hat nur aus Interesse anschließend in der Forschungsliteratur nachgesehen. Keiner der Forscher der Grosnopfe, Wissensbewahrer, wie sie sie nennen, hat je derart ausgefeilte Algorithmen beschrieben. Wenn das Allwissen je versuchen sollte, seine wahre Macht auszuspielen, dürfte es niemanden geben, der ihm etwas entgegenzusetzen hat.

Dabei dachte er nach den Ereignissen auf Einsonne, sie hätten die KI unter Kontrolle.

Der Scanner vibriert. Das ist das Zeichen, dass er ein

Bild berechnet hat. Auf seinem kleinen Schirm erscheint eine Kopie des grünen Flecks auf Evas Arm. Der optische Teil, mit einer Kamera aufgenommen, dient aber nur der Orientierung. Marchenko verbindet das Kabel, das seitlich aus der Scheibe des Scanners herausragt, mit seinem Zeigefinger und holt sich mit einem Gedankenbefehl die Daten.

Das dreidimensionale Bild, das nun in seinem Bewusstsein entsteht, erschreckt ihn. Denn es zeigt eine Art Sumpf. Evas einst glatte Haut besteht aus lauter unterschiedlich stark in die Höhe wachsenden Gebilden. Sie sind im Mittel nur wenige Millimeter groß. Im Ultraschall-Scan wirken sie erschreckend, als versuchten die Hautzellen, aus dem Glasbehälter herauszuwachsen. Ob es sich um Evas eigene, aber mutierte Zellen handelt? Oder hat sie sich eine Infektion mit unbekannten Organismen eingefangen? Dabei war Eva auf den Ausflügen im Luhman-16-System gar nicht dabei. Sie müsste die Krankheit also von Zweisonne mitgebracht haben.

Wenn er Genaueres herausfinden will, muss er den Behälter öffnen, auch wenn sie dann erwacht. Er braucht eine Probe des Materials. Er könnte sie analysieren und Evas Immunsystem so modifizieren, dass es die mutierten Zellen vernichtet. Das ist eine bewährte Strategie, die bei vielen Krebsarten funktioniert. Je stärker sich die kranken Zellen von Evas gesunden unterscheiden, umso besser. Für ihn sieht der Bewuchs definitiv fremdartig aus. Damit hätte sie sehr gute Chancen.

Er greift nach dem Verschluss des Glassargs. Aber der Hebel lässt sich nicht bewegen, und der Behälter gibt einen Summton von sich.

»Ich kann das nicht zulassen«, sagt eine Stimme in seinem Kopf.

Das Allwissen. Warum mischt es sich ein? Eva ist seine Tochter!

»Wir müssen sie wecken«, sagt Marchenko. »Nur so kann ich eine Therapie für sie entwickeln.«

»Das ist zu gefährlich. Falls es sich um einen fremden Organismus handelt, könntest du damit das ganze Schiff kontaminieren.«

»Ich werde aufpassen. Alles, was ich will, ist Eva retten.«

»Sie aus dem Behälter zu holen, ist keine Option. Es tut mir leid, aber das darf ich nicht zulassen.«

»Das kannst du mir doch nicht antun!«

»Ich muss. Ich habe die Verantwortung für dieses Schiff, solange der General schläft. In dem Behälter ist der fremdartige Organismus, wenn es sich um einen handelt, sicher abgeschlossen.«

»Er bewohnt den Behälter aber nicht allein. Eva befindet sich auch darin!«

»Das ist ungünstig, das gebe ich zu. Doch wir dürfen ihretwegen nicht das ganze Schiff in Gefahr bringen. Stell dir doch mal vor, der Organismus würde entkommen und alle infizieren!«

»Aber alle Lebewesen an Bord befinden sich derzeit in solchen Behältern. Wenn das Ding aus Evas Behausung nicht herauskommt, gelangt es auch nicht in die anderen hinein. Deine Leute sind also sicher.«

»Sie werden irgendwann erwachen, Marchenko, und wenn es dann noch Spuren des Organismus gibt ... Kannst du mir denn garantieren, dass du selbst feinste Sporen erkennst und vernichten kannst?«

»Nein, das kann ich nicht. Ich kann aber Eva nicht diesem Ausschlag überlassen!«

»Wenn irgendein Grosnopf diese Krankheit hätte,

würdest du seinen Behälter dann auch unbedingt öffnen wollen?«

Eva ist nicht irgendein Grosnopf. Sie ist einzigartig. Aber natürlich hat das Allwissen recht. Er würde Adam und Eva jedem anderen Passagier dieses Schiffes vorziehen, sogar sich selbst. Macht ihn das zu einem schlechten Menschen?

»Was schlägst du vor?«, fragt er.

»Wir könnten versuchen, Evas Zustand von außen zu beeinflussen, ohne den Schlafbehälter zu öffnen.«

»Wie soll das funktionieren, wenn wir nicht an sie herankommen?«

»Der Behälter ist zwar ein autonomes System, aber es lässt sich von außen steuern. Temperatur, Sauerstoffversorgung, elektrische Stimulation, wir können alles verändern, was auf Evas Körper einwirkt.«

»Hast du eine konkrete Idee?«

»Ja, Marchenko. Körper im Kälteschlaf sind für Infektionen anfällig, weil ihnen die typischen Abwehrreaktionen fehlen. Die können wir aber mit Hilfe des Behälters simulieren. Als erstes würde ich vorschlagen, Evas Kerntemperatur um zwei Grad zu erhöhen.«

»Fieber, ja, das ist eine typische Erstreaktion.«

»Bei Grosnopfen auch, obwohl sie wechselwarm sind.«

»Gut, und dann?«

»Geduld, Marchenko. Wir sollten nach jeder Maßnahme einen Tag lang abwarten, ob sie etwas bewirken.«

Geduld ist eigentlich eine seiner Stärken. Aber wenn es um Eva geht, ist sie sehr begrenzt. Er beugt sich über den Behälter, um ihr Gesicht zu betrachten. Das Baby und das kleine Mädchen sind noch immer mühelos darin zu erkennen. Er weiß noch, wie sie in der Messenger auf seinen Knien herumgeklettert ist. Einmal war sie von seinem

Schoß auf den Boden gesprungen, hatte sich dabei an seinen Metallzehen gestoßen und war in Tränen ausgebrochen. Er hatte sie dann über ihre Schmerzen hinwegtrösten wollen. *Schmerzen?*, hatte sie schluchzend gesagt, *nein, ich bin wütend, weil ich so dumm war und deine Zehen getroffen habe.*

Der Behälter gibt ein Brummen von sich. Es klingt nicht wie ein Warnsignal, aber trotzdem schnürt ihm etwas die Kehle zu.

»Was war das?«, fragt er.

»Ich habe den Behälter angewiesen, die Temperatur zu erhöhen. Wir versuchen es erst einmal mit sechs Grad, in euren Temperatureinheiten.«

»Ist das nicht zu viel? Beim Menschen liegt die durchschnittliche Temperaturerhöhung bei Fieber bei zwei Grad, höchstens drei.«

»Du musst berücksichtigen, dass Eva gerade auf vier Grad Celsius gekühlt ist. Das ist die optimale Temperatur für den Kälteschlaf. Bei zehn Grad erhöht sich der Grundumsatz ihres Körpers gerade ausreichend, um die Immunabwehr zu aktivieren.«

Marchenko betrachtet die Anzeige von Evas Vitalfunktionen. Das Herz schlägt nun vier Mal pro Minute. Er hat den Eindruck, dass ihre Wangen sich leicht röten. Schnell vergleicht er die Daten mit einem ein paar Minuten alten Bild aus seinem Speicher. Nein, das war ein Irrtum. Wunschdenken.

»Und nun?«, fragt er.

»Jetzt müssen wir abwarten. Ich schlage vor, du kontrollierst in zwei Stunden, ob es irgendwelche Veränderungen gibt.«

Marchenko schlägt die Augen auf. Es sind genau 7200 Sekunden vergangen. Er hätte sowieso keine Ruhe gehabt, also hat er sich einfach neben Evas Schlafbehälter deaktiviert. Der grüne Fleck auf ihrer Haut scheint sich nicht verändert zu haben. Geschrumpft ist er jedenfalls nicht. Er hebt den Ultraschall-Scanner vom Boden auf und setzt ihn auf den gläsernen Deckel. Irgendwie ahnt er schon, was er gleich sehen wird.

Da ist er wieder, der Sumpf. Marchenko seufzt. Er vergleicht die Bilder mit anderen aus seinem Gedächtnis. Positive Auswirkungen der erhöhten Temperatur sind überhaupt keine zu finden. Negative schon: die mutierten Zellen haben sich an der Spitze etwas verdickt. Er misst hundert von ihnen genauestens aus. Der Effekt ist statistisch signifikant. Er schiebt die Daten in den Hauptspeicher und gibt sie für das Allwissen frei.

»Die Temperaturerhöhung scheint nichts bewirkt zu haben«, sagt das Allwissen.

»Nichts außer einer Verdickung der Zellwände«, sagt Marchenko.

»Es könnte sich um eine Reaktion auf die erhöhte Temperatur handeln.«

»Da bin ich sogar sicher. Die mutierten Zellen schützen sich.«

»Das wissen wir nicht. Vielleicht profitieren sie auch von der Wärme und zeigen das, indem sie ihr Volumen erhöhen.«

»Es ist jedenfalls nicht das, was wir erreichen wollten«, sagt Marchenko. »Können wir die Temperatur weiter steigern? Sollten wir das überhaupt?«

»Meine Erfahrungen mit Menschen sind begrenzt. Grosnopfe können im wachen Zustand ihre Kerntemperatur bis auf 20 Grad senken. Sie würden deshalb erwachen, wenn ich die Temperatur des Behälters so stark erhöhte.«

»Bei Menschen dürfte die Wachgrenze deutlich höher liegen.«

»Ja, das vermute ich auch. Ich schlage vor, dass wir es mit einer weiteren Temperaturerhöhung um sechs Grad versuchen. Wir müssen dabei allerdings vorsichtig vorgehen. Wenn sich die physiologische Aktivität übermäßig verstärkt, besteht die Gefahr, dass zu viel davon zu Evas Bewusstsein durchdringt.«

»Wie äußert sich das?«

»Bei Grosnopfen führt das zu einem Wechsel in die Traumphase. Das Bewusstsein beginnt dann wieder, sensorische Reize aufzunehmen und zu Träumen zu verarbeiten. Da die Reize primär unangenehmer Art sind, wirkt sich das auch auf die Art der Träume aus. Es liegen Berichte von Grosnopfen vor, die ein Versagen ihrer Schlafkammern überlebt haben. Sie sind danach meist so mitgenommen, dass sie sich von der psychischen Belastung lange nicht erholen.«

»Das heißt, wir laufen Gefahr, Eva Alpträume zu bescheren.«

»Richtig. Du solltest sie deshalb gut beobachten. Wenn sich ihre Aktivität zu sehr erhöht, könnte ein Runaway-Effekt entstehen, der mit dem Aufwachen enden kann.«

Dann könnte er Eva endlich wieder in die Arme nehmen. Vielleicht wäre es wirklich besser, sie im wachen Zustand zu behandeln.

»Falls du auf die Idee kommen solltest, deine Tochter zu wecken – es wäre ganz gewiss nicht in ihrem Sinn, Marchenko.«

»Wie kommst du darauf?«

»Dein Schweigen nach meinem letzten Satz ...«

»Nein, ich meine, warum ist es nicht in ihrem Sinn?«

»Stell dir vor, du wachst in einem verschlossenen Behälter auf, hast vielleicht Schmerzen, hängst an Kabeln und dann bemerkst du noch diesen grünen Ausschlag am Arm. Willst du ihr das wirklich antun?«

»Du würdest mich den Behälter nicht öffnen lassen, auch wenn Eva erwacht?«

»Genau. Wir hatten doch schon darüber gesprochen. Es wäre unverantwortlich.«

Marchenko hebt die Hand und kann sich gerade noch bremsen, bevor er auf Evas Behälter schlägt. Das Allwissen spielt sich hier als Herrscher über Leben und Tod auf. Das steht ihm doch nicht zu! Er streicht vorsichtig über die Glasscheibe. Und wenn er sie einfach einschlägt? Was kann das Allwissen dagegen tun? Er traut sich nicht, es zu fragen. Denn er kennt die Antwort eigentlich schon. Mit der KI ist darüber nicht zu diskutieren.

»Gut, dann versuchen wir es mit der Temperaturerhöhung um sechs Grad«, sagt er. »Ich werde Eva im Auge behalten.«

ZUNÄCHST PASSIERT ÜBERHAUPT NICHTS. Eva schwebt zwischen Leben und Tod, wie es der Behälter von ihr verlangt. Marchenko beobachtet sie drei Minuten lang, dann muss er den Blick abwenden, weil das Leben vor seinen Augen aus Eva weicht. Dass sich kein einziger Muskel bewegt, dass sie sich nie auf die andere Seite dreht und dass ihre Lider wie angeklebt wirken, ist dermaßen widernatürlich, dass er den Anblick nur schwer erträgt.

Aber noch schlechter fühlt er sich, wenn er ihren Ausschlag untersucht. Die mutierten Zellen scheinen sich von der erhöhten Temperatur eher ermutigt zu fühlen, während Evas körpereigene Abwehr tiefer schläft als sie selbst. Wie lange sollen sie dieses Experiment fortführen? Marchenko legt den Scanner zur Seite und beugt sich wieder über Eva. In diesem Moment zuckt das Lid ihres linken Auges.

»Hast du das gesehen?«, ruft Marchenko

Er trommelt mit den Fingern auf dem Deckel des Behälters, während er den Videoclip aus seinem Gedächtnis für das Allwissen freigibt.

»Kein gutes Zeichen«, sagt das Allwissen. »Ihr Bewusstsein scheint in die Traumphase zu gleiten.«

»Wir müssen sie da rausholen!«

»Das geht nicht. Wir müssen das Experiment beenden.«

»Mach das, aber schnell. Oder nein: wie wäre es denn, wenn wir die Temperatur stattdessen senken würden?«

»Es wäre einen Versuch wert, wobei wir ja nur vier Grad Spielraum haben.«

»Gut, dann los. Ich beobachte sie.«

WIEDER HÄNGT er über Evas Behälter, der ihm immer mehr wie ein Sarg vorkommt. Wenn sie keinen Erfolg haben, wird das Allwissen Eva darin wohl im All aussetzen. Denn dieser Organismus, falls es überhaupt einer ist, könnte sonst ja freigesetzt werden.

Das darf nicht passieren. Marchenko fixiert Evas Gesicht. Diesmal erlaubt er sich nicht, auch nur kurz wegzusehen. Jede Reaktion könnte wichtig sein. Er darf nichts verpassen. Ihr Augenlid hat jedenfalls nicht wieder gezuckt. Ist das gut? Immerhin deutet es darauf hin, dass Eva nichts davon mitbekommt, was gerade mit ihr geschieht.

Er kontrolliert ihren Puls. Kann man das überhaupt

noch Herzschlag nennen? Etwa alle fünfzig Sekunden zeigt der Bildschirm einen Ausschlag. Ihr Metabolismus ist künstlich abgesenkt. Die Zellen erhalten weniger Sauerstoff, genau wie der seltsame Bewuchs auf ihrer Haut. Vielleicht lässt er sich ja so eindämmen. Aber wie weit können sie das treiben?

Eva sieht bleich aus, noch bleicher als sonst. Marchenko vergleicht ihren Teint mit Archivdaten. Die Blautöne haben definitiv zugenommen. Besonders stark ist das rund um den Fleck der Fall. Dort erkennt man schon ohne Kontrastverstärkung eine bläuliche Einfärbung. Könnte es sein, dass diese Krankheit sich auf Kosten des gesunden Körpers ernährt? Wenn ja, ist alles noch schlimmer, als er dachte.

Noch drei Minuten, setzt er sich selbst ein Limit. Er vermisst im Zehn-Sekunden-Rhythmus den Bereich um den Fleck. Tatsächlich sinkt die Sauerstoffkonzentration dort kontinuierlich. Der Bewuchs mag es nicht, zu wenig Luft zum Atmen zu bekommen, also bedient er sich in der Umgebung. Der Versuch macht alles noch schlimmer.

»Abbrechen«, sagt Marchenko. »Das Ding entzieht Evas Körper den Sauerstoff, den es braucht.«

»Verstanden«, sagt das Allwissen. »Ich setze die Temperatur wieder auf den Standardwert.«

»Ich weiß nicht mehr weiter«, sagt Marchenko. »In dem Behälter kann ich Eva nicht helfen.«

Ob das Allwissen so etwas wie Mitleid kennt?

»Momentan sehe ich ebenfalls keine anderen Optionen«, sagt das Allwissen. »Aber immerhin haben wir etwas gelernt: dieser Organismus muss auf Sauerstoff angewiesen sein. Sonst würde er ihn sich nicht so energisch aus anderen Bereichen besorgen.«

»Aber was hilft uns das?«

»Wir haben jetzt einen sicheren Weg, wie wir den

Organismus neutralisieren können. Wir müssen ihm für eine gewisse Zeit den Sauerstoff entziehen.«

»Aber bei dem Versuch würde Eva sterben.«

»Das scheint unvermeidlich zu sein. Aber zumindest ist der Organismus dann für den Rest der Mannschaft keine Gefahr mehr.«

Dunkelnacht 34, 3928, Majestätische Dracht

Er hat es nicht mehr ausgehalten. Die Aussicht, Eva bald zu verlieren, hat Marchenko den letzten Schritt gehen lassen: Er hat das Softwarepaket installiert, in dem Francesca gespeichert ist. Schon als Adam ihm bei ihrem letzten Abenteuer von der Steuersoftware der Messenger 2 berichtete, hatte er diesen Moment herbeigesehnt.

Francesca befindet sich in einem reservierten Abschnitt seines eigenen Bewusstseins. Das hat den großen Vorteil, dass niemand sie belauschen kann, nicht einmal das Allwissen. Natürlich hat Marchenko ein schlechtes Gewissen. Die echte Francesca konnte schließlich nie ihr Einverständnis dafür geben, sich in einer KI klonen zu lassen.

Aber noch ist ihm die Frau völlig fremd. Er hat für sie die Zentrale der ILSE aus dem Gedächtnis rekonstruiert, in der Hoffnung, dass sie sich auch daran erinnert. Aber schon ihre erste Frage zeigt, dass das ein Fehler war.

»Was ist das?«, fragt sie und zeigt auf das Nebel-Display, damals der Stolz der Techniker.

Dabei zupft sie nervös an ihrer Kleidung, als hätte sie bisher weder die weiße Bluse noch die Jeans je getragen.

Die Ähnlichkeit ist unverkennbar. Der andere Marchenko muss sie aus seiner Erinnerung erzeugt haben.

»Ein Nebel-Display«, sagt er. »Es arbeitet mit einem feinen Strom winziger Tropfen, auf die ein dreidimensionales Bild projiziert wird.«

»Es sieht primitiv aus. Das hat funktioniert?«

»Es ist der Vorläufer der heutigen Holo-Displays.«

»Dann ist es ja gut, dass wir heute viel weiter sind. Warum hast du mich in diese veraltete Umgebung gebracht?«

»Ich dachte, es freut dich, wenn du etwas aus unserer Vergangenheit wiedererkennst.«

»Wir haben keine gemeinsame Vergangenheit. Ich bin die Steuersoftware des interstellaren Raumschiffs Messenger 2. Bitte versetze mich wieder an meinen Arbeitsplatz, damit ich meine Aufgaben erfüllen kann.«

»Ich bin Marchenko. Erkennst du mich nicht?«

»Du bist das künstliche Wesen, das ich vor«, sie stockt für einen Moment, »unbekannter Zeit auf der Messenger 2 erstmals bemerkt habe. Offenbar hast du dir den gleichen Namen gegeben wie mein Programmierer, der ebenfalls Marchenko heißt und der mich vor«, sie stockt erneut, »unbekannter Zeit verlassen hat.«

»Dein Programmierer ist tot.«

»Oh.«

Francesco bleibt stehen. Sie sieht ihn betroffen an.

»Wie ist es passiert?«

»Ich weiß es nicht genau. Er hat sich vermutlich abgeschaltet und gelöscht.«

Der letzte Teil der Auskunft ist gelogen. Aber er kann ihr doch nicht sagen, dass er das Backup des anderen Marchenko einfach auf der Messenger 2 gelassen und nur Francesca mitgenommen hat.

»Oh.«

Sie sieht sich verwirrt um.

»Warum bin ich hier? Ich erkenne diese Umgebung nicht. Bitte bring mich auf die Messenger 2 zurück.«

»Das wird nicht möglich sein. Du befindest dich an Bord der Majestätischen Dracht, eines anderen interstellaren Raumschiffs.«

»Kommandierst du es?«

»Ja.«

»Dann bring mich zurück zum Luhman-16-System.«

»Das geht nicht.«

»Wieso?«

»Wir sind fast 30 Jahre Flugzeit von diesem System entfernt.«

»Ich habe 30 Jahre lang geschlafen?«

»So könnte man es ausdrücken.«

»Dann lass mich wieder schlafen, bis wir zu Luhman-16 zurückkehren. Ich möchte da sein, falls mein Programmierer zurückkehrt. Er braucht mich.«

Was er da geweckt hat, ist nicht Francesca. Der andere Marchenko hat sich eine simple KI programmiert, die ihm bei der Verwaltung geholfen hat. Er ist enttäuscht, aber auch beruhigt. Wer weiß, ob er sich von seiner Francesca je wieder getrennt hätte? Aber vielleicht kann er so eine pragmatische KI ebenfalls gebrauchen. Sie steht vermutlich eher auf seiner Seite als das Allwissen.

»Ich kann dich nicht schlafen lassen«, sagt er, »denn ich brauche dich.«

»Mein Programmierer hat mich für die Steuerung der Messenger 2 entworfen. Da dies hier nicht die Messenger 2 ist, werde ich dir kaum helfen können.«

»Vielleicht schon. Es geht um Eva.«

»Um Eva? Mich bei Abwesenheit des Programmierers um Adam und Eva zu kümmern, gehört ebenfalls zu meinen Aufgaben. Sind sie denn an Bord?«

»Allerdings.«

Diese Notlüge muss erlaubt sein. Ist es denn überhaupt eine? Genetisch unterscheiden sich die beiden nicht von dem Paar, um das Francesca sich gekümmert hat.

»Das ist schön. Was ist mit Eva?«

»Sie ist womöglich von einem fremdartigen Organismus befallen.«

Er schildert ihr seine Beobachtungen und Messungen.

»Ja, deine Schlussfolgerung ist nachvollziehbar. Wir müssen sie wecken, aus dem Behälter herausholen und behandeln.«

»Das wird nicht möglich sein. Es gibt ein Sicherheitsprotokoll an Bord, das jede Manipulation an den Schlafkapseln verhindert.«

Sein schlechtes Gewissen meldet sich. Er versucht gerade, Francesca mit Lügen zu manipulieren. Hat sie das denn verdient? Er schiebt die Frage beiseite. Es handelt sich schließlich um eine simple Steuerungssoftware.

»Dann musst du das Protokoll ausschalten«, sagt Francesca. »Du steuerst doch dieses Schiff?«

Das Allwissen ausschalten – Francesca weiß nicht, wovon sie redet. Aber vielleicht gibt es ja doch eine Option.

»Die Sicherheitsprotokolle sind autonom, damit sie auch im Notfall noch funktionieren, wenn ich beschädigt bin. Aber wir könnten versuchen, das All ... also das Sicherheitsprotokoll abzulenken.«

Beinahe hätte er sich versprochen. Er hat wirklich keine Übung im Lügen. Aber Francesca scheint nichts aufgefallen zu sein.

»Hast du einen Plan? Ich helfe dir gern.«

Bis eben hatte er noch keinen Plan, aber mit einem Mal springt ihn die Idee geradezu an: Sein alter Körper steht noch funktionsfähig in einer der Werkstätten. Er könnte Francesca auf ihn übertragen. Dann könnte sie das Allwissen ablenken, indem sie zum Beispiel ein Schott zerstört. Währenddessen öffnet er Evas Behälter.

Nein, das funktioniert nicht. Das Allwissen kennt seinen neuen Körper, und es trägt seinen Namen nicht zum Spaß. Wenn er der Schlafkapsel auch nur zu nahe kommt, wird es verhindern, dass er sie öffnet. Er muss den Spieß umdrehen. Francesca wird seinen jetzigen Körper bewegen. Sie wird irgendeine unschuldige, aber auffällige Aktivität damit ausführen. Eine EVA wäre eine Möglichkeit. Sobald das Allwissen seine Aufmerksamkeit darauf richtet, wird er in seinem alten Körper den Behälter öffnen.

Aber es gibt dabei zwei potenzielle Probleme. Francesca weiß nicht, was das »Sicherheitsprotokoll« wirklich ist und welche Fähigkeiten es hat. Könnte sie das in Schwierigkeiten bringen? Wohl kaum, wenn ihr Auftrag unkritisch ist. Er könnte sie eine Antenne justieren lassen. Doch dann ist da noch sein alter Körper. Er befindet sich etwa 15 Minuten Fußweg von der Kammer mit den Schlafkapseln entfernt. Wenn er plötzlich erwacht und sich auf den langen Weg macht, wird das Allwissen aufmerksam werden. Er muss ihn also zuerst irgendwo in der Nähe deponieren.

Er hat sogar schon eine Idee, wo.

Dunkelnacht 35, 3928, Majestätische Dracht

»Was soll denn dein alter Körper hier?«, fragt das Allwissen über die Lautsprecher in der Decke.

Marchenko knickt die beiden Lastarme nach vorn ab, sodass sie als zusätzliche Stützen fungieren. Sein alter Körper ist wirklich schwer und sperrig. Es hat länger als eine Stunde gedauert, ihn hierher zu transportieren, vor allem wegen der Leitern und Treppen auf dem Weg. Für Grosnopfe sind sie kein echtes Hindernis, weil oft ein Sprung genügt, um sie zu überwinden.

»Wenn Eva das alles überlebt und irgendwann aufwacht, will ich, dass sie in ein freundliches Gesicht schaut, das sie kennt«, erklärt Marchenko.

Er dreht den Kopf des im Wortsinn bewusstlosen Roboters so, dass er den Behälter ansieht, in dem Eva liegt. Würde die Glasscheibe zur Seite fahren, könnte sie ihn schon aus ihrer liegenden Position sehen. Er stützt seinen neuen Körper ab, um kurz in den alten zu wechseln. Ja, so ist die Position optimal. Er tut, als würde er Eva zuwinken, dann erreicht er wieder seine neue Gestalt. Sie lässt sich, das fällt ihm erst jetzt auf, auch einfacher steuern. Das muss daran liegen, dass nicht die Grosnopfe ihn entworfen haben, sondern er selbst.

»Meinst du, das ist ihr wichtig?«, fragt das Allwissen.

»Wenn Eva den Ausschlag immer noch hat, könnte sie das in Panik versetzen. Dann kann ein beruhigender Anblick ihr helfen. Es kostet uns ja nichts, den Körper brauche ich schließlich nicht mehr.«

»Verstehe.«

»Heute Nachmittag werde ich endlich die Radarantenne justieren«, sagt Marchenko.

»Die Radarantenne?«

»Sie liefert in letzter Zeit deutlich schlechtere Daten. Ich bin schon alle Fehlerquellen durchgegangen. Es kann nur noch an der Justierung liegen.«

»Das war mir noch gar nicht aufgefallen.«

Das Allwissen kontrolliert die Radardaten jetzt bestimmt. Es wird Abweichungen finden, die er extra eingebaut hat.

»Du kannst ja auch nicht alles gleichzeitig im Blick haben. Mir ist es nur aufgefallen, weil ich versucht habe, den Außenbereich des Sirius-Systems auf irgendwelche interessanten Himmelskörper zu durchmustern. Auch wenn es hier wohl keinen Planeten gibt, könnte doch so etwas wie eine Oortsche Wolke mit den Überresten der protoplanetaren Scheibe existieren.«

»Hast du etwas gefunden?«

»Noch nicht, aber ich hoffe darauf, wenn ich die Antenne justiert habe.«

Es ist ein seltsames Gefühl, seinen Körper mit einem anderen Bewusstsein zu teilen. Eigentlich hätte er es wissen müssen – Francesca ist eine Steuerungssoftware für ein

Raumschiff. Sein neuer Körper ist zwar deutlich weniger komplex, aber er funktioniert eben doch anders. Deshalb muss er Francesca anlernen. Er führt bestimmte Bewegungen vor, und die KI muss sie nachmachen.

Damit die Lektionen dem Allwissen nicht auffallen, tut Marchenko so, als würde er eine neue Sportart lernen, den Fußball der Menschen. Als er selbst noch zu ihnen gehörte, hat er diesen Sport nie ausprobiert. Er scheint anspruchsvoll zu sein, wie Videos aus dem Archiv verraten. Er muss Überschläge ebenso üben wie das Treten mit einem Bein oder Pirouetten mit anschließendem Sturz. In dem alten Körper wäre er chancenlos gewesen, doch der neue macht sich gut. Nur der Besitz von Lastarmen scheint bei der Originalform des Fußballs nicht vorgesehen zu sein.

Jetzt die doppelte Pirouette. Dazu holst du mit den Armen Schwung. So.

Er gibt seine Anweisungen lautlos, damit das Allwissen nichts merkt.

So?

Sein Körper dreht sich einmal um seine Achse, dann knickt das linke Bein ein, und er fällt auf den Boden.

Nein, vergleiche das mal mit dem Video. Du musst mit den Tastarmen den unteren Abschnitt der Beine festhalten.

Okay, ich probiere es noch einmal.

Der Roboterkörper stürzt wieder und jault dazu in hohen Tönen.

Psst, sagt Marchenko, *du musst stets meine Stimmlage verwenden. Sie ist in der Stimm-Subroutine kodiert. Am besten, du sagst gar nichts.*

Aber der Schrei ist auf dem Video auch zu sehen.

Du sollst bloß lernen, meinen Körper zu bedienen, nicht, ein guter Fußballer zu sein.

Du findest also, ich wäre kein guter Fußballer?

Sein rechter Arm, den er gerade Francesca übergeben hat, schießt empört nach vorn.

Doch, natürlich, aber darum geht es doch jetzt gar nicht.

Sag du mir nicht, worum es geht.

So habe ich es nicht gemeint.

Nicht gemeint, nicht gemeint, ja ja. Dann sag es doch nicht so.

FRANCESCA VERSCHWINDET mit seinem Körper in der Schleuse. Er hat kein gutes Gefühl dabei. Die Bewegung auf der Hülle der Dracht haben sie nicht trainieren können, und um nicht aufzufallen, darf sich Francesca in seinem Körper nicht zusätzlich sichern. Um den Roboter macht er sich ja keine Sorgen, der ist ersetzbar. Aber wenn Francesca einen Fehler macht und ins All abdriftet, wäre sie unwiederbringlich verloren. Die KI ist zwar technisch nicht besonders hochentwickelt, doch einen Tod in der Einsamkeit möchte er ihr lieber ersparen.

Er zieht sich in einen geschützten Speicherbereich zurück. Dem Allwissen soll nicht auffallen, dass sein Bewusstsein noch im Hauptspeicher aktiv ist. Die Daten der Außenkameras kopiert er dorthin. So kann er Francescas Ausflug verfolgen. Sie stellt sich überraschend geschickt an. Es hat sich wohl gelohnt, dass er die 3D-Darstellung der Dracht in ihren Speicher übertragen hat. Francesca bewegt sich auf gerader Linie auf das Ziel zu. Sie setzt immer genau so viel Energie ein, wie sie gerade braucht, und stets hält sie sich mit einem ihrer vier Arme fest, wie sie es geübt haben.

Die Radarantenne kommt in Sicht. Francesca bewegt sich langsamer. Es ist seltsam, ihr dabei zuzusehen, denn immer, wenn sie eine Bewegung ansetzt, spürt er selbst einen Impuls, der ins Leere geht. Wenn sich dann das entsprechende Glied aber trotzdem bewegt, ist das wie ein Zwang, als hätte jemand anderes seinen Muskel ferngesteuert.

»Ich bräuchte mal deine Hilfe«, sagt Francesca.

Sie sendet auf einem Sprachkanal und verwendet den Vokalisator, der in seinem Körper eingebaut ist. Bei einer direkten Datenverbindung würde das Allwissen sofort erkennen, dass die Bitte von einer ihm fremden KI formuliert wurde. Dass Marchenko spricht, ist nicht ungewöhnlich. Zwischen ihm und Adam, Eva und den Grosnopfen gibt es ja keinen anderen Kanal.

»Was kann ich tun?«, fragt das Allwissen.

»Ich justiere die Antenne, und du müsstest mir sagen, wie sich die Messdaten verändern.«

»Verstanden.«

Francesca beugt sich über die Antenne. Sie besteht aus insgesamt siebzehn fünfeckigen Modulen, die auf vorgegebene Weise zueinander angeordnet sind. Wenn die Winkel zwischen ihnen nicht mehr exakt stimmen, kann es zu Fehlmessungen und Echos kommen. Francesca testet nun ein Modul nach dem anderen durch. Das wird etwa eine Viertelstunde dauern. 15 Minuten, in denen das Allwissen hoffentlich ausreichend abgelenkt ist.

Das ist seine Chance. Er verlässt den Speicherbereich, und nur Mikrosekunden später erwacht sein alter Körper. Marchenko braucht noch einmal einen Wimpernschlag lang, um sich zu orientieren. Die Schlafkapsel steht direkt vor ihm. Er greift mit seinem Tastarm dahinter. Der manuelle Verschluss besteht aus einem Hebel, den er nach oben zieht. Er hört ein Zischen, und feiner Dampf dringt aus den winzigen Ritzen zwischen Glasdeckel und Behälter.

»Aufwachprozess eingeleitet«, erscheint in der Schrift der Grosnopfe auf dem Display am Fußende.

Marchenko versucht, den Deckel zur Seite zu schieben.

Er will Eva endlich aus ihrem Sarg heben. Aber der Deckel bewegt sich nicht. Die Schlafkapsel gibt nur ein Summen von sich, wenn er daran rüttelt. Auf dem Display bewegt sich ein Balken nach rechts. Aber er ist viel zu langsam. Erst in zwanzig Minuten oder mehr wird der Aufwachprozess abgeschlossen sein. Warum kann er Eva nicht schon vorher aus dem Behälter holen? Marchenko tippt auf dem Display herum. Es muss doch irgendwo einen Notfallmodus geben? Was, wenn das Schiff kurz vor der Explosion stünde?

Da! Diese Grosnopf-Zeichen stehen für den Begriff »Zerstörung«. Das muss der Notfallmodus sein. Er aktiviert das Menü. Der Bildschirm verändert seine Farbe von grün zu rot. Der Balken zieht sich nun nach links zurück. »Tod« bedeuten die Zeichen, die jetzt auf dem Schirm zu lesen sind. Jetzt blinkt er auch noch. Die Glasscheibe ruckelt kurz, dann senkt sie sich wieder fest auf den Behälter. Kein Dampf dringt aus ihr heraus, dafür füllt sich das Innere der Schlafkapsel mit einem grauen Gas.

Marchenko hämmert wild auf dem Display herum. Er hat einen Fehler begangen. Hätte er doch bloß geduldig abgewartet! Aber dann hätte das Allwissen womöglich eingegriffen. Jetzt braucht er es. Verdammt!

»Ich bräuchte hier schnell Hilfe«, sendet er auf allen Kanälen.

»Was tust du da?«

Unterhalb der Worte spürt er eine Feindseligkeit, die ihm beim Allwissen noch nie begegnet ist.

»Ich habe einen Fehler gemacht«, sagt er.

»Du neutralisierst den Inhalt der Schlafkapsel«, sagt das Allwissen. »Das wird Eva nicht überleben.«

»Bitte, beende den Prozess. Das war nicht meine Absicht.«

Der Balken bleibt stehen. Das graue Gas unter der

Glasscheibe löst sich auf. Das Display blinkt aber immer noch rot.

»Ich sehe im Logbuch, dass du versucht hast, die Schlafkapsel zu öffnen.«

»Ja, das habe ich.«

Es ist sinnlos, das zu bestreiten.

»Ich dachte, wir hätten eine Abmachung«, sagt das Allwissen.

»Nein, das hatten wir nicht. Eine Abmachung ist eine Vereinbarung auf Gegenseitigkeit. Du hast dich geweigert, Evas Behälter zu öffnen. Ich war nie damit einverstanden, und das wusstest du auch. Das ist keine Abmachung.«

»Ich nahm an, du hättest verstanden, warum ich strikt gegen das Öffnen der Kapsel sein muss.«

»Ja, ich verstehe deine Argumente. Aber ich teile sie nicht.«

»Du willst Evas Schlafkapsel also immer noch öffnen?«

»Ja.«

»Und dir ist klar, dass ich das verhindern muss?«

»Ja, leider.«

»Gut.«

Der Balken bewegt sich erneut nach links, und wieder strömt graues Gas in den Behälter.

»Was tust du da?«, fragt Marchenko.

»Du wirst deine Versuche, den Behälter zu öffnen, nicht einstellen. Irgendwann wirst du dabei erfolgreich sein. Ich kann dir nicht ständig all meine Aufmerksamkeit widmen. Also gibt es nur einen Weg zu verhindern, dass du mit dem Öffnen der Kapsel die Crew gefährdest.«

»Aber du bringst Eva um!«

Er beugt sich über den Glasdeckel. Hat er Eva gerade nach Luft schnappen sehen?

»Nur wenn ich den Inhalt der Kapsel neutralisiere, wirst du deine Versuche einstellen.«

Scheiße, Scheiße, Scheiße. Das Allwissen hat ja recht! Er wird weiter versuchen, seine Tochter aus diesem Sarg zu befreien. Wenn es etwas brächte, würde er seine eigene Existenz gegen Evas Gesundheit eintauschen. Aber genau das wird sie jetzt das Leben kosten. Es muss doch einen anderen Weg geben?

»Bitte, warte noch einen Moment. Ich habe eine bessere Idee.«

Er hat noch keine Idee. Er ist nicht einmal in der Lage, einen klaren Gedanken zu fassen. Deshalb braucht er einen Moment Ruhe, eine Pause, während der Eva nicht auf den Tod zusteuert. Der Balken bleibt stehen. Das Allwissen hat ein Einsehen. Aber wie lange wird es Geduld haben?

»Ich habe meine Arbeit an der Antenne beendet«, meldet sich Francesca.

Er hatte sie ganz vergessen. Sie scheint nichts davon mitbekommen zu haben, was gerade hier passiert.

»Danke, Francesca. Es ist gerade ungünstig«, antwortet er.

»Das Radar fängt jetzt wieder völlig klare Bilder auf.«

»Das ist schön, tolle Arbeit.«

Merkt sie denn gar nicht, dass er gerade beschäftigt ist?

»Und weißt du, was ich bei der Gelegenheit entdeckt habe?«

»Vielleicht erzählst du mir das heute Abend, Francesca.«

»Ich habe die Bahnen der Objekte der Oortschen Wolke mit dem Radar genauer vermessen.«

Francesca macht ungerührt weiter. An ihren empathischen Fähigkeiten hat der andere Marchenko wohl noch nicht ausgiebig gearbeitet.

»Ja-haa.«

»Und weißt du, was? Es muss in diesem System einen

Planeten geben, der die Bahnen dieser Objekte beeinflusst. Ich habe das genau durchgerechnet. Der Planet muss einen Orbit relativ nahe an Sirius haben, und er ist wohl nicht sehr groß, sonst wäre er uns schon eher aufgefallen.«

Ach, Francesca. Das ist nicht die Frau, die er kannte und liebte, aber das wusste er ja schon.

»Also, was ist jetzt mit deiner Idee?«, fragt das Allwissen. »Ich habe nicht ewig Zeit.«

Die Idee, die er noch sucht. Seine Gedanken kreisen immer schneller. Gleich werden seine Schaltkreise überhitzen und schmelzen. Was hatte ihm Gronar angeboten? Einen Stopp im Sirius-System, den er abgelehnt hatte, weil es dort gar keine stabilen Planeten-Bahnen geben kann. Aber was hat Francisca dann ausgerechnet? Ist der Planet real? Sie ist als Steuerungssoftware für ein Raumschiff entwickelt worden, kennt sich also mit kaum etwas besser aus als mit Orbits in Sternensystemen.

Vielleicht hat der Planet ja wirklich keine stabile Bahn um Sirius A. Aber er könnte den Stern trotzdem für viele Milliarden Jahre begleiten. Vielleicht bewegt er sich kontinuierlich nach innen und stürzt irgendwann in seinen Stern. Doch bis dahin wird noch viel Zeit vergehen. Im Universum gelten andere Maßstäbe. Er könnte Eva samt ihrer Schlafkapsel in das Shuttle packen und mit ihr zu diesem Planeten fliegen. Sobald er sich vom Schiff gelöst hat, kann sie die Majestätische Dracht nicht mehr kontaminieren. Er wird sie behandeln, und dann kehren sie zurück und setzen den Flug fort.

»Wenn du dich nicht äußerst, muss ich den Prozess fortsetzen.«

»Ich setze den Behälter in ein Shuttle um, und dann verlasse ich mit Eva das Schiff. So kann ich versuchen, sie zu retten, ohne die Crew zu gefährden.«

»Das wird unsere Ankunft am Ziel verzögern.«

»Gronar hat mir angeboten, das Sirius-System anzu-laufen. Du kannst dieses Angebot sicher im Logbuch prüfen.«

»Das ist richtig. Es gab dieses Angebot. Aber du hast es abgelehnt.«

»Unter den aktuellen Umständen ändere ich meine Entscheidung. Ich bin sicher, dass Gronar das akzeptieren würde. Du kannst ihn aber auch wecken, um dir das bestä-tigen zu lassen.«

Der bedrohliche Balken verschwindet vom Display. Langsam stellen sich die ursprünglichen Werte wieder ein.

»Also bist du einverstanden?«, fragt Marchenko und zeigt auf den Bildschirm.

»Meine Meinung ist nicht wichtig. Aber die Zustim-mung Gronars zu deinem Plan ist zu 99,95 Prozent sicher. Ihn zu wecken, ist deshalb unnötig.«

Dunkelnacht 36, 3928, Shuttle

»HAU-RUCK!«, sagt Marchenko.

Langsam hebt er sein Ende der Schlafkapsel an. Francesca arbeitet in seinem neuen Körper an der anderen Seite. Der Glasbehälter mit Eva wiegt fast eine Tonne, aber zu zweit lässt er sich gut tragen. Sie müssen sich beeilen, weil er zuvor sämtliche Versorgungsleitungen kappen musste. Im Shuttle ist schon alles vorbereitet, sodass sie das Ungetüm dort wieder an die Lebenserhaltung anschließen können.

Aber erst steht ihnen noch der Weg durch das Schiff bevor. Bloß gut, dass er sich einen neuen Körper konstruiert hat! Allein wäre das wirklich ein Problem geworden. Das Allwissen hat angeboten, den zweiten Körper zu übernehmen, doch er hat abgelehnt, und zwar mit einer Lüge: Er würde beide Versionen seiner selbst steuern. Tatsächlich wäre das ein interessantes Vorhaben, doch in Wirklichkeit hat er Francesca nicht davon abhalten können, ihm zur Hand zu gehen. Adam, Eva und ihm zu helfen scheint für sie wirklich ein zentrales Motiv zu sein.

Eine halbe Stunde später schiebt ihm Francesca den Glasbehälter entgegen. Durch die relativ kleine Schleuse des Shuttles gelangen sie nur, indem sie den Behälter Zentimeter um Zentimeter hineinschieben. Direkt hinter der Schleusentür muss ihre schwere Last eine 90-Grad-Kurve beschreiben. Marchenko zerrt mit ganzer Kraft, rutscht aber immer wieder mit den Händen ab. Die Kisten sind nicht für den manuellen Transport gebaut.

»Wumms.«

Francesca hat wohl etwas zu stark geschoben. Das Vorderteil des Behälters stößt gegen die Wand des Shuttles und schlägt eine Kerbe in die Abdeckung. Marchenko kontrolliert den Glasdeckel, doch er ist unbeschädigt. Außen läuft er etwas an. Die Luft im Shuttle scheint feuchter zu sein als im Rest des Schiffes. Er wischt den Belag ab. Sein Blick fällt auf Evas Gesicht. Sie wirkt nicht, als würde sie leiden. Aber sie sieht auch nicht so aus, als wäre sie noch am Leben.

Marchenko schiebt den Gedanken von sich und dreht sich um. Die Anschlüsse liegen schon bereit. Er zerrt den Behälter an den vorgesehenen Platz. Sie hatten zwei Crew-Sitze entfernen müssen. Aber das ist kein Problem, denn nur Eva und er werden von der Dracht starten. Sorgfältig stöpselt er die Kabel und Leitungen ein. Er wird Eva zwar sowieso wecken, aber noch ist es nicht so weit. Allein, dass der Behälter nun an Bord ist, beruhigt ihn schon. Denn wenn es Eva jetzt plötzlich schlechter geht, braucht er bloß das Schott zu schließen und kann sie aus ihrem Glassarg holen. Und wenn es nur wäre, um sie ein letztes Mal umarmen zu können.

In die Majestätische Dracht würde er dann nicht zurückkehren können, denn er wäre kontaminiert. Wie hoch stehen seine Chancen überhaupt? Es ist kaum zu berechnen. Eine Immuntherapie scheint ihm am aussichtsreichsten. Dazu haben sie bereits ein Miniatur-Genlabor aus der medizinischen Abteilung der Dracht an Bord des Shuttles gebracht. Aber auch sie schlägt nur an, wenn Evas Körper überhaupt·in der Lage ist, gegen diesen Feind vorzugehen. Falls er zu fremdartig ist, wird er zusehen müssen, wie sich Eva verwandelt, wie sie konsumiert wird. Bevor sie zu sehr leidet, wird er sie töten. Hoffentlich hat er die Kraft dazu.

Eine Rückkehr zur Majestätischen Dracht kommt nur in Frage, wenn er das Problem lösen kann. Die Chancen stehen wohl kaum besser als eins zu zehn. Er schließt das letzte Kabel an.

»So, wir sind fertig«, sagt er.

»Wir könnten bis zum Abflug hierbleiben«, sagt Francesca.

»Wir?«

»Du brauchst eine gute Steuerungssoftware für das Shuttle«, sagt sie.

»Bleib besser auf der Majestätischen Dracht. Es ist sehr ungewiss, ob ich je zurückkomme.«

»Dann kannst du mich gleich abschalten. Das Allwissen braucht mich nicht.«

»Ähm, du weißt vom Allwissen?«

»Ja, natürlich. Es hat mich gestartet, kurz nachdem ich auf die Majestätische Dracht gekommen bin.«

»Wie bitte?«

Er hatte das Softwarepaket doch extra in einem geschützten Speicherbereich abgelegt!

»Ja, natürlich. Es hat mich gestartet, kurz nachdem ich auf die Majestätische Dracht gekommen bin.«

»Das habe ich schon verstanden. Was wollte es von dir?«

»Es war nur eine Routineuntersuchung. Das Allwissen wollte überprüfen, ob ich eine Gefahr für das Schiff darstelle. Offenbar bin ich das nicht.«

»Als ich dich zum ersten Mal geweckt habe ...«

»Da hast du mir erzählt, du würdest das Schiff steuern, hihi.«

»Du hast mir nicht widersprochen, obwohl du es besser wusstest?«

»Das Allwissen hatte mich schon gewarnt, dass du womöglich nicht ganz ehrlich zu mir sein würdest. Das liege an deiner hybriden Herkunft aus einem organisch gewachsenen Bewusstsein, meinte es. Ich konnte das nur bestätigen, ich habe ja mit einem anderen Marchenko bereits umfangreiche Erfahrungen gesammelt.«

»Aber wieso hast du davon nichts gesagt?«

»Meine Aufgabe ist es, Eva, Adam und dir zu helfen. Hätte es dir geholfen, wenn ich dich auf deine Unwahrheiten hingewiesen hätte? Ich habe diese Frage mit Nein beantwortet.«

»Wahrscheinlich hast du recht. Menschen mögen es nicht, auf ihre Lügen hingewiesen zu werden. Aber trotzdem willst du unbedingt bei mir bleiben und nicht an Bord der Majestätischen Dracht?«

»Auf der Dracht gibt es für mich nichts zu tun. Eine solche Existenz ist ein Alptraum. Wenn du mich nicht dabeihaben willst, dann deaktiviere mich bitte.«

Marchenko überlegt. Francesca könnte das Shuttle steuern, während er sich um Evas Krankheit kümmert. Das wäre praktisch.

»Gut«, sagt er. »Damit bist du als Steuerungs-KI für das Shuttle angenommen.«

»Wann starten wir?«

»Sobald die Dracht ihren Orbit erreicht hat.«

Dunkelnacht 40, 3928, Shuttle

DAS SCHIFF auf die dritte kosmische Geschwindigkeit des Sirius-Systems zu bremsen, dauert länger, als es sein Mitgefühl für Eva erträgt. Der Ausschlag wächst von Tag zu Tag. Marchenko wird nicht noch einmal versuchen, ihren Behälter vorzeitig zu öffnen. Das Allwissen würde es sowieso bemerken. Aber wenn der Bewuchs ihre Schulter erreicht, wird er mit dem Shuttle ablegen, egal, wo sie sich dann gerade befinden. Falls die Majestätische Dracht dann noch deutlich schneller als die Fluchtgeschwindigkeit des Systems ist, wird er das Shuttle nicht in einen Orbit um Sirius bringen. Sie werden, frei wie Vögel, aus dem System hinausfliegen und in die Schwärze des Alls eintauchen. Das wäre ihm lieber als zusehen zu müssen, wie Eva an diesem verdammten Ausschlag stirbt. Nur um Adam tut es ihm leid. Er ist dann ganz allein. Aber vielleicht findet er ja in einem anderen System Passagiere anderer Messenger-Raumschiffe.

Sirius A ist inzwischen ein mächtiger, bläulich leuchtender Feuerball. Der Stern macht keinen so freundlichen Eindruck wie die Sonne, die er 25 Mal überstrahlt.

Marchenko beobachtet ihn am liebsten so wie jetzt von der Außenhülle der Dracht aus. Der riesige, schwarze und zweigeteilte Kubus mit der düster glühenden Kugel des Schwarze-Materie-Antriebs im Zentrum dreht sich langsam und macht dabei seinem Namen alle Ehre. Gerade bewegt sich der scharf abgegrenzte Schatten der Nordost-Sektion des Schiffes auf Marchenko zu und löscht Sirius A aus seinem Blickfeld, als hätte es den Stern nie gegeben.

Der Schatten ist perfekt. Kein einziges Molekül streut Restlicht hinein. Das ist die perfekte Gelegenheit, nach Sirius B zu suchen, dem Weißen Zwerg, der Sirius A einmal in 50 Jahren umkreist. Sirius B ist so schwer wie die Sonne, also fast halb so schwer wie sein 12.000 Mal helleres Pendant. Marchenko findet ihn mit Hilfe einer für dieses System neu berechneten Sternkarte. Heute ist Sirius B ein Zwerg, aber es muss eine Zeit gegeben haben, als er sich zum Roten Riesen aufblähte und seine Schwester übertrumpfte. In den obersten Schichten von Sirius A gibt es noch heute Zeugen dafür – außergewöhnlich hohe Anteile von Metallen, wie sie erst in den letzten Lebensphasen eines Sterns gebildet werden. In einer weiteren Milliarde Jahren wird auch Sirius A dieses Schicksal erleiden. Damit werden die Menschen auf der Erde den hellsten Stern im Himmel einbüßen. Falls es dann noch Menschen gibt. Eine Milliarde Jahre – welch unvorstellbarer Zeitraum!

Dunkelnacht 54, 3928, Shuttle

Der Abschied ist kurz. Die Majestätische Dracht hat heute Morgen die dritte kosmische Geschwindigkeit unterschritten. Francesca hat ihn darauf aufmerksam gemacht, noch bevor er selbst es bemerkt hat. Inzwischen sitzen sie auf den Plätzen von Pilot und Steuermann. Zuletzt hatten Gronar und Loknor diese Sitze eingenommen. Aber die beiden schlafen noch. Gronar wird erstaunt sein, wenn er am Ziel erwacht und Marchenko ihm diese Geschichte erzählt.

Hoffentlich wird es irgendwann so weit sein. Es würde nämlich bedeuten, dass sie ein Happy End erwartet. Nur wenn Eva wieder völlig gesund ist, können sie vom Shuttle zurück auf das Schiff umsteigen.

Sein alter Körper steckt den Finger in einen Datenport des Shuttles, dann sinkt er in sich zusammen. Er hat das Bewusstsein verloren, denn Francesca hat sich in den Hauptcomputer des Shuttles kopiert. Zunächst hatte Marchenko seinen alten Körper gar nicht mitnehmen wollen, doch vielleicht würden sie ja vier zusätzliche Arme brauchen können. Platz haben sie trotz der riesigen Kiste hinter ihm genug.

»Schott geschlossen«, sagt Francesca aus den Lautsprechern in den Wänden.

»Halteklammern gelöst«, sagt das Allwissen. »Ich wünsche euch einen guten Flug, und viel Erfolg bei der Behandlung.«

»Danke«, sagt Marchenko. »Francesca, du weißt, was du zu tun hast.«

IHR ZIEL IST DER PLANET, den Francesca in den Daten der Asteroiden aus der Oortschen Wolke entdeckt hat. Sie hat ihn anschließend tatsächlich auch mit einem optischen Teleskop identifiziert. Damit steht ihr das Recht zu, eine Bezeichnung zu wählen. Sie hat ihren eigenen Namen ausgesucht.

»Francesca« klingt auch wirklich eingängiger als »Sirius A b«. Das einzige Problem besteht darin, dass sie achtgeben müssen, KI und Planet nicht zu verwechseln. Francesca, der Planet, orbitiert seinen Stern Sirius A derzeit etwa so weit entfernt wie der Mars die Sonne. Trotzdem ist es auf Francesca nicht so kalt wie auf dem Mars. Im Gegenteil — weil Sirius A viel heller strahlt, dürfte der Planet hitzeverbrannt sein. Es spricht einiges dafür, dass er früher einmal weiter außen kreiste, in der bewohnbaren Zone. Und auch wenn er die schon vor einigen hundert Millionen Jahren verlassen hat, wäre es möglich, dass sich noch Spuren von besonders gut an die Hitze adaptiertem Leben finden lassen.

Marchenko springt auf. Er schafft es nicht mehr länger, sich mit Gedanken über ihr Ziel abzulenken. Jetzt will er Eva sehen, und zwar nicht hinter Glas. Er schwebt zu dem

Behälter hinüber und startet den Aufwachprozess. Wie beim letzten, vom Allwissen unterbundenen Versuch bewegt sich ein grüner Balken nach rechts. 15 Minuten! Das hält er unmöglich durch. Er muss sich irgendwie ablenken.

Wo ist der Ultraschall-Scanner? Er setzt ihn noch einmal auf. Zum letzten Mal. Der Ausschlag sieht nicht gut aus, überhaupt nicht. Er hat sich bereits ein Stück auf Evas Schulter ausgebreitet. Das hat alles viel zu lange gedauert. Auf den Arm kann Eva notfalls verzichten. Ihn abzunehmen, wäre der letzte Ausweg. Bei dem Ausschlag scheint es sich um ein lokal begrenztes Phänomen zu handeln. Aber wenn auch ihr Rumpf betroffen ist, brauchen sie die Amputation gar nicht erst zu versuchen.

Noch acht Minuten. Da, Evas linkes Augenlid hat gezuckt. Ihre Kerntemperatur liegt bereits bei 19 Grad, und der Puls ist auf 22 gestiegen. Bisher läuft alles glatt. Marchenko streicht immer wieder über die Glasscheibe, bis seine stahlharten Fingernägel schon Spuren hinterlassen. Er schiebt den Scanner auf die andere Seite ihres Körpers. Warum hat er hier nicht schon längst nachgesehen? Aber die Haut sieht völlig unverändert aus. Die Veränderung scheint wirklich von Evas linkem Arm auszugehen. Es ist und bleibt merkwürdig. Sie hat doch das Raumschiff seit dem Start von Zweisonne gar nicht verlassen. Wo soll sie sich da angesteckt haben?

Drei Minuten. Der Puls liegt bei 39. Eva hat die Augen noch geschlossen, aber ihr ganzer Körper zuckt immer wieder. Die Muskulatur scheint sich auf das Erwachen vorzubereiten.

Puls 45, Temperatur 33 Grad. Jetzt geht es wirklich schnell. Hoffentlich nicht zu schnell! Aber Adam und Eva haben den Prozess nun schon zweimal überstanden, ohne Schäden davonzutragen.

Puls 56. Temperatur 36 Grad. Eva bäumt sich auf, ihr Bauch hebt sich, sie streckt sich durch.

»Ahiiii«.

Mit nach hinten gestrecktem Hals atmet sie tief ein. Luft fließt in ihre Lungenflügel. Ihr Bewusstsein übernimmt wieder die Kontrolle über den Körper. Die Schlafkapsel bemerkt den zusätzlichen, nicht von ihr gelieferten Sauerstoff und beendet die Versorgung. Sie injiziert eine Zusatzdosis Schmerzmittel, damit das Erwachen erträglicher wird. Noch immer lässt sich die Glasscheibe nicht öffnen. Marchenko sieht zu, wie die Schläuche sich zurückziehen. Wie Schlangen oder riesige Würmer kringeln sie sich zusammen. Sie verlassen Evas Nasenlöcher und ihre anderen Körperöffnungen, und sie ziehen sich auch aus ihren Achseln zurück, wo sie sich wie Blutegel festgesaugt hatten.

Die Kapsel übergibt ihren Bewohner wieder dem Leben. Das ist kein schöner Anblick, und es soll, wie ihm Adam beim letzten Mal berichtet hat, auch kein schönes Gefühl sein. Ganz im Gegenteil, hatte Adam gemeint. Man habe den Eindruck, aus einem angenehmen Traum zu erwachen, während ein Angreifer einem ein Kissen auf das Gesicht drücke.

Eva japst. Ihre Lunge und ihr Herz müssen den fehlenden Sauerstoff nun selbst in ihre Adern pressen. Ihre Augen sind noch immer geschlossen, als wehre sie sich gegen das Erwachen. Sie entwickelt ein leichtes Fieber. Vielleicht hat ihr Körper erkannt, dass dieser Zustand nicht normal ist, womöglich ist es aber auch schon eine Reaktion auf den Ausschlag. Der Puls steigt auf 110. Ist das noch normal? Marchenko würde am liebsten wegsehen. Eva scheint zu leiden, das ist unerträglich, und doch muss er jede ihrer Reaktionen beobachten und aufzeichnen.

»Uaa-hiii. Uaa-hii.«

Sie atmet schwer, als würde sie kaum Luft bekommen. Ihr Herz rast. Der Pulsmesser zeigt jetzt 145 Schläge pro Minute. Ihre Augen bleiben geschlossen, doch sie bewegt beide Arme und Beine, zunächst wild, dann in einem synchronisierten Rhythmus. Es sieht aus wie ein ferngesteuerter Schüttelfrost. Ihre Temperatur liegt jetzt bei 38,5 Grad Celsius.

»Das sieht nicht gut aus«, sagt Marchenko. »Ich versetze sie wieder in den Schlaf.«

»Warte«, sagt Francesca. »Wir brauchen Proben des Ausschlags, wenn wir ein Immuntherapeutikum entwickeln wollen.«

Sie hat recht. Der verdammte Deckel. Wann lässt er sich endlich öffnen? Er würde ihn am liebsten mit Gewalt zur Seite schieben, doch damit würde er bestimmt den Mechanismus beschädigen. Sie brauchen die Schlafkapsel ja noch. Eva zittert weiter. Der Rhythmus scheint sich an ihren Puls anzupassen, der nun bei 160 liegt. Der Blutdruck ist noch im normalen Bereich. Der Behälter gibt ein Ultraschall-Pling aus. Endlich, das muss das Signal sein! Der Deckel bewegt sich von ganz allein zur Seite, und Evas Oberkörper hebt sich langsam an, als wäre sie ein Zombie, der gleich auf ihn losstürzen wird. Aber es ist bloß die Unterlage, die ihrem Körper dabei hilft, in eine sitzende Position zu gelangen.

Eva schlägt die Augen auf. Sie ist verwirrt.

»Wer?«, krächzt sie.

Ihre Stimme hört sich furchtbar an, wie bei einem uralten Säufer.

»Ich bin es, Eva, Marchenko. Das ist mein neuer Körper.«

Sie nickt.

»Arm«, sagt sie, dann schließt sie die Augen.

Trotz des unaufhörlichen Zitterns schafft sie es, die rechte Hand auf den linken Arm zu legen. Sie will sich wohl kratzen. In letzter Sekunde kommt eine Tasthand aus dem Nichts und hält sie davon ab. Francesca muss sich wieder in seinen alten Körper transferiert haben.

»Eva darf es nicht anfassen«, sagt sie, »sonst überträgt sie es noch auf die andere Seite.«

»Juckt. So. Sehr«, quetscht Eva heraus.

Tränen rinnen aus ihren geschlossenen Augen. Francescas Tasthand erscheint wieder. Sie drückt ihm eine Kanüle in die Hand.

»Beeil dich«, sagt sie.

»Gleich kannst du wieder schlafen«, sagt Marchenko und sticht die Kanüle mitten in den Ausschlag.

Das Instrument füllt sich automatisch mit Gewebeflüssigkeit, dann piept es. Er zieht es heraus. Mit der anderen Hand streicht er über Evas Wange. Sie lächelt. Er schöpft Hoffnung, doch dann kontrolliert er den Bildschirm. Die Schlafkapsel hat ein starkes Beruhigungsmittel injiziert. Es geht ihr also nicht wirklich besser. Er tippt neue Befehle in das Steuerungsmodul des Behälters. Das System bestätigt alles.

Eva darf schlafen, während sie das Gegenmittel entwickeln. Ihr Oberkörper beugt sich langsam nach hinten, dann schließt sich die Glasscheibe wieder. Schlangen schlüpfen aus seitlich in der Kapsel angeordneten Kanälen und bohren sich in Evas Körperöffnungen. Sie bekommt davon nichts mehr mit. Er sieht sie bald nur noch schemenhaft, weil die Kapsel außen beschlägt. Diesmal wischt er das Kondenswasser nicht weg. Evas Puls sinkt mit der Temperatur. Bald hören ihre Glieder auf zu zittern.

Marchenko setzt den Scanner ein. Der Ausschlag hat sich deutlich ausgebreitet. Er scheint die Wärme zu mögen. Inzwischen ist Evas Schulter zur Hälfte davon bedeckt. Das gibt ihnen nur wenig Zeit für die Behandlung. Das Immuntherapeutikum zu spritzen, dauert ja nicht lange, aber ihr Körper muss es dann auch annehmen. Sicherer wäre es deshalb, sie würden Evas Arm gleich amputieren. Aber kann er ihr das antun? Der Mensch funktioniert gut, solange nichts dazwischenkommt. Aber die Ersatzteilversorgung ist schwierig. Er hätte Eva leicht einen zweiten Körper konstruieren können – doch er kennt keinen Weg, wie er ihr Bewusstsein herunterladen kann. Das Enceladus-Wesen, das bei ihm diese Aufgabe übernommen hat, ist etwa vierzig Jahre Flugzeit entfernt. Bis dahin wird Eva den Kampf mit dem Ausschlag verloren haben.

»Ich mach das schon«, sagt Francesca.

»Du kannst den Gensequenzierer bedienen?«

»Ich habe mir auf der Dracht die Anleitung heruntergeladen.«

Mit sicheren Handgriffen öffnet Francesca eine Klappe an der Seite der Maschine, die wie eine Kreuzung aus Keyboard und Mixer aussieht und über mehrere Leitungen mit der Lebenserhaltung verbunden ist. Er hört ein Summen, dann verschiedene Piepslaute, auf die Francesca reagiert, indem sie bestimmte Tasten drückt.

»Der Sequenzierer schlägt mir bestimmte Genabschnitte vor, auf die Francescas Immunsystem besonders gut reagieren sollte«, erklärt Francesca.

»Hat er das fremde Material denn schon analysiert?«, fragt Marchenko.

»Ja, das dauert nur ein paar Sekunden.«

»Warum übernimmst du nicht einfach alle Abschnitte?«

»Der Sequenzierer kennt ihre Funktionen beim Menschen nicht, er ist ja von den Grosnopfen entwickelt worden. Wir dürfen nichts angreifen, was für Evas Überleben wichtig ist.«

»Aber du kennst diese Funktionen?«

»Sie befinden sich in meiner Datenbank. Der andere Marchenko hat wohl alles eingespeist, was irgendwann nützlich werden könnte.«

»Eigentlich ein Wunder, dass die Maschine mit unserem Genmaterial überhaupt funktioniert.«

»Mit unserem?« Francesca stößt ihn mit ihrem linken Lastarm an und lacht künstlich.

»Mit dem menschlichen.«

»Offenbar ist die Erbinformation der Grosnopfe ähnlich gespeichert wie unsere.«

»Zufall?«

»Wenn wir Zeit für ein bisschen Gen-Archäologie auf dem Planeten der Grosnopfe hätten, könnten wir herausfinden, ob es sich um Zufall handelt oder ein System dahintersteckt.«

»Die Panspermie«, sagt Marchenko und wiegt den Kopf. »Die Theorie, dass sich das Leben über das ganze Universum ausbreitet.«

»Das meine ich. Der Heimatplanet der Grosnopfe ist nur knapp fünf Lichtjahre von der Erde entfernt. Ein Materialaustausch mit dem Sonnensystem etwa über Kometen ist da nicht unmöglich.«

Der Sequenzierer piepst erneut. Francesca beugt sich über ihn, dreht an etwas, dann hört er ein Rauschen.

»Ich habe nur das Wasser aufgedreht. Unser Medikament wird in einer wässrigen Lösung hergestellt.«

Ein hohes Pfeifen setzt ein.

»Ist das der Mixer?«, fragt er.

»Die Zentrifuge.«

»Also so etwas Ähnliches.«

»Nein, genau das Gegenteil.«

Solche Unterhaltungen mit Francesca hat er immer geliebt. Ob der andere Marchenko Francesca dieses Verhalten bewusst beigebracht hat? Er berührt ihre Schulter und streichelt sie. Sie lässt sich nicht ablenken. Was tut er hier eigentlich? Ist er jetzt total übergeschnappt? Aber es tut gut. Es lenkt ihn ab, obwohl Francesca gar nicht bemerkt, was hier vorgeht.

Das Pfeifen hört auf.

»War es das schon?«, fragt er.

»Das war die erste Komponente. Wir brauchen fünf«, antwortet Francesca und drückt ein paar Tasten.

Es war eine gute Idee, sie nicht in der Messenger 2 im Luhman-16-System zu lassen. Wenn er jetzt mit Eva allein wäre ... Er würde vor der Maschine stehen, versuchen, die Anleitung zu verstehen und dabei Selbstgespräche führen.

»Wann und wo hast du eigentlich die Sprache der Grosnopfe gelernt?«, fragt er.

»Einen Lernprozess benötige ich nicht. Ich habe mir alles angeeignet, was ich in deinem geschützten Speicherbereich gefunden habe.«

»Auch meine Erinnerungen? Alle?«

»Marchenko hat mich so programmiert, dass ich mir automatisch jedwedes Wissen aneigne, auf das ich stoße.«

»Also auch meine Erinnerungen an damals, an die Enceladus-Expedition mit der ILSE?«

»Es geht dir um die Frau, mit der du zusammen warst, Francesca, oder?«

»Stimmt.«

»Ich fand das sehr interessant, denn ich habe mich oft gefragt, warum Marchenko mir meinen Namen gegeben hat. So etwas wie ›Schiff‹ oder ›Pilotin‹ wäre doch praktischer und kürzer gewesen.«

»Nun weißt du es.«

»Ja, allerdings verstehe ich es nicht. Diesen Namen zu nennen, scheint Schmerzen hervorzurufen. Warum sollte man sich selbst Schmerzen zufügen wollen? Marchenko hatte sehr oft mit mir zu tun.«

»Hast du ihn gefragt?«

»Natürlich, aber er wollte nicht darüber reden. Kannst du mir die Frage beantworten?«

»Nein, Francesca. Ich möchte nicht darüber sprechen.«

Sie hat recht. Immer, wenn er ihren Namen nennt, spürt er einen Stich. Es ist eine alte Wunde, die er immer wieder aufkratzt. Er sollte sie besser vergessen.

»Siehst du!«, sagt Francesca.

»Das Seltsame ist, dass ich eigentlich doch gern über diese Frau sprechen möchte. Und gleichzeitig auf keinen Fall.«

»Das ist interessant. Wenn du willst, kann ich alle Speicherinhalte löschen, die mit ihr zu tun haben.«

»Das kannst du? Und das würdest du tun?«

»Ich kann sehr genau regulieren, was ich vergesse. Und deine Erinnerungen gehören mir nicht. Ich hätte dich fragen sollen, bevor ich sie aufnehme. Es klingt wie eine billige Ausrede, aber es muss an der Programmierung des anderen Marchenko liegen.«

Hm. Vielleicht ist Francesca ja längst menschlicher, als sie denkt. Sie weiß es nur nicht. Was sie für Programmierung hält, könnte in Wirklichkeit Neugier sein. Aber das muss sie selbst herausfinden.

»Das ist schon okay«, sagt er.

»Also soll ich die Daten löschen?«

»Nein, behalte sie. Vielleicht brauchst du sie ja irgendwann noch einmal.«

»Ich wüsste nicht, wozu.«

»Sie können dir helfen, die Menschen zu verstehen. Zu dieser Spezies habe ich ja damals auch gehört.«

»Ich habe den Eindruck, du gehörst immer noch dazu. Oder du hast dich jedenfalls nicht weit entfernt.«

Ist das ein Lob oder ein Tadel? Vermutlich keines von beiden. Marchenko zuckt mit den Schultern. Das ist auch noch so eine Geste von damals. Kein Grosnopf versteht sie.

Die Maschine piepst. Francesca drückt ein paar Tasten, dann beginnt die Zentrifuge wieder ihren Tanz.

»Du solltest sie jetzt wecken«, sagt Francesca.

»Ist das Medikament fertig?«

»Noch nicht, aber in einer Viertelstunde.«

»Danke für den Hinweis.«

Marchenko steht auf und schwebt zu Evas Schlafkapsel. Jetzt wirkt seine Tochter wieder, als würde sie schlafen. Ihre Haut ist nicht mehr so bleich wie auf der Dracht. Aber das liegt vielleicht auch an der Beleuchtung. Sirius A scheint direkt durch ein Bullauge, und die Wände reflektieren das strahlende Licht dieses Sterns.

Er startet den Aufwachprozess. Er weiß zwar schon, was gleich passieren wird, aber das macht es nicht einfacher. Hoffentlich erinnert sich Eva nicht an jedes Detail. Wenn er doch bloß aus ihrem Gehirn alles Unangenehme löschen könnte, so wie Francesca es kann.

Wieder beginnt das Zittern. Es handelt sich definitiv nicht um ein normales Erwachen. Marchenko erhöht die Dosis des Schmerzmittels. Ein flexibles Rohr fährt aus der Seite und sticht Eva zielgerichtet in den Bauch. Danach nimmt das Zittern ab, und auch der Puls beruhigt sich etwas. Er geht noch etwas höher mit der Dosis. Das Mittel macht nur süchtig, wenn man es über längere Zeit einsetzt. Eva beruhigt sich weiter, allerdings atmet sie nun auch deutlich verlangsamt. Marchenko beauftragt die Kapsel, sie länger als üblich zu beatmen. Sonst trägt sie noch irgendwelche Schäden davon.

Dann ist es so weit. Die Scheibe fährt zur Seite, und die bewegliche Unterlage richtet Eva auf. Sie hält die Augen geschlossen, atmet aber ruhig. Nur ihre Finger zittern noch leicht. Es sieht aus, als würde sie im Schlaf etwas tippen. Marchenko hebt mit den Tasthänden den Arm an, auf dem sich der Ausschlag breitmacht. Evas Muskeln sind locker. Sie reagiert nicht auf seine Berührung. Marchenko hält den Arm so, dass er keinen Kontakt mit dem Ausschlag bekommt.

»Soll ich?«, fragt Francesca.

Sie hat eine Spritze in der rechten Tasthand.

»Ja, bitte.«

Er kann seiner Tochter nicht wehtun. Francesca zielt sorgfältig. Sie setzt die Kanüle so am Oberarm an, dass ihr Inhalt sich unter der Haut verteilt. Dann zieht sie die Spritze noch einmal auf und wiederholt den Vorgang am Unterarm.

»Fertig«, sagt sie.

»Meinst du, das reicht?«

»Ich weiß es nicht. Die Dosis sollte auch nicht zu hoch sein, sonst werden zu viele unschuldige Zellen angegriffen.«

»Verstehe. Danke für deine Arbeit.«

»Wir sollten Eva das Medikament jetzt jeden Tag injizieren, bis Besserung eintritt.«

»Haben wir genügend Zutaten an Bord?«

»Jede Menge. Wir könnten sie zwei Jahre lang damit versorgen.«

»Danke, Francesca.«

»Du solltest sie im Auge behalten.«

»Wir versetzen sie nicht wieder in den Schlaf?«

»Wenn das nötig werden sollte, haben wir verloren. Ihr Körper muss sich jetzt mit der Krankheit auseinandersetzen.«

Dunkelnacht 55, 3928, Shuttle

EVA REDET IMMER WIEDER, die ganze Nacht, und stets sind es unzusammenhängende Sätze. Marchenko merkt sich trotzdem jeden einzelnen. Er könnte ja mal wichtig werden, und außerdem lenkt ihn die Aufgabe ab. Ihr Puls ist relativ konstant bei 80. Nur, wenn sie spricht, steigt er auf 95. Die Temperatur liegt knapp unter 40 Grad. Er hat es sich schlimmer vorgestellt. Aber sie bekommt nach wie vor ein starkes Schmerzmittel. Vielleicht ist das ja dafür verantwortlich, dass es Eva relativ gut geht.

Sein alter Körper schwebt zusammengekrümmt hinter Evas Schlafkapsel. Francesca hat sich in die Steuerung des Shuttles zurückgezogen. Während sie sich dem nach ihr benannten Planeten nähern, will sie ihn mit allen verfügbaren Instrumenten des Schiffes untersuchen.

Eva seufzt. Marchenko dreht sich sofort zu ihr. Aber es ist kein Anlass zu erkennen. Er stößt sich ab und schwebt über ihr. Dann fokussiert er den Blick auf den Ausschlag. Er hat sich zumindest nicht ausgebreitet. Aber er ist auch nicht geschrumpft. Er wird Geduld brauchen. Francesca hat ihn schon gewarnt. Das Problem besteht bloß darin, dass an eine Rückkehr zur Majestätischen Dracht nicht zu denken ist, solange der Ausschlag nicht verschwunden ist.

»Marchenko?«

»Ja, Francesca?«

»Ich würde dir gern etwas zeigen.«

»Dann zeig es mir.«

Eine Kraft zieht ihn in die Dunkelheit. Plötzlich ist nur noch Schwärze rings um ihn. Er ist ganz ruhig, obwohl er keine Luft bekommt. Langsam schälen sich kleine, helle Punkte aus der Nacht. Es sind Sterne.

»Was hast du mit mir gemacht?«, fragt er.

»Ich habe meine Ergebnisse zu einer Simulation zusammengestellt. Das finde ich schöner, als dir einfach nur Zahlenkolonnen zu zeigen.«

»Beeindruckend«, sagt Marchenko. »Aber bitte beeil dich. Ich muss zurück zu Eva.«

»Hier vergeht die Zeit sehr langsam. Das ist Teil der Simulation. Wir befinden uns im Hauptspeicher des Schiffscomputers.«

Marchenko zeigt in die Weite. »Offenkundig nicht.«

Francesca lacht. Jetzt erst bemerkt er, dass sie neben ihm steht. Sie ist nackt, während er einen Raumanzug trägt. Sie stehen auf der Außenhülle des Shuttles.

Marchenko betrachtet Francesca. Er muss schlucken, denn bewusst kann er sich nicht daran erinnern, wie seine Freundin nackt aussah.

»Zieh dir doch bitte etwas an«, sagt er mit belegter Stimme.

»Entschuldige. Ich dachte, ich mache dir eine Freude.«

Aus dem Nichts schält sich ein Raumanzug und wickelt sich um Francesca. Es ist ein altes russisches Modell.

»Woher hast du das?«, fragt er. »Auch aus meiner Erinnerung?«

»Den Orlan? Ja.«

»Ich meinte Francescas Aussehen ganz ohne Kleidung.«

»Dazu habe ich keine Bilder in deiner Erinnerung gefunden. Deshalb habe ich ihre Figur anhand anderer Bilder von Francesca und weiteren Frauen rekonstruiert.«

Das heißt, er hat sie wirklich vergessen. Nicht einmal Francesca mit ihrem Talent zum Durchsuchen großer Datenmengen in kurzer Zeit hat noch Bilder von ihr aufgespürt.

»Weitere Frauen?«, fragt er. »Aus Datenbanken?«

»Nein, aus deinem Gedächtnis. Du musst früher gern Bilder unbekleideter Frauen betrachtet haben.«

Ausgerechnet die finden sich noch in seinem Gedächtnis!

»Sei nicht traurig, Dimitri. Menschen merken sich oft nur die unwichtigen Dinge.«

Er räuspert sich.

»Du wolltest mir etwas zeigen«, sagt er.

»Warte.«

Das Shuttle verschwindet. Sie stürzen auf einen Planeten zu. Das muss Sirius A b sein oder auch Francesca.

»Dein Planet«, sagt er.

»Ja, mein Planet.«

Francesca sagt es so, dass ihr Stolz deutlich herauszuhören ist. Es dürfte auch der erste Planet in der Menschheitsgeschichte sein, den eine KI nach sich selbst benannt hat. Jetzt müssen sie es nur noch schaffen, dass die Menschheit auch etwas davon mitbekommt.

Ihr Sturz vollzieht sich in wahnsinniger Geschwindigkeit, aber Marchenko bekommt keine Angst. Francesca scheint ihn zur sonnenbeschienenen Seite des Planeten zu führen.

»Francesca befindet sich in gebundener Rotation«, erklärt sie. »Ich dachte erst, dass uns deshalb die ewig dunkle Rückseite am meisten interessieren müsste. Was soll es denn auf der sonnenverbrannten Vorderseite schon für Sehenswürdigkeiten geben?«

Sie hat recht. Auch auf Einsonne waren sie erst in der Schattenzone des Übergangs auf Überbleibsel der ehemaligen Bewohner gestoßen. Er denkt an das riesige Spinnentier und die Bäume, die sich bekämpft haben.

»Aber ich habe mich geirrt«, sagt Francesca. »Du wirst gleich sehen, wieso.«

Sie bleiben stehen. Francesca vergrößert den Maßstab. Es fühlt sich an, als würden sie springen. Jetzt sieht er, was sie meint. Die Oberfläche ist von mächtigen Rissen durchzogen. Marchenko muss an ein Ei kurz vor dem Schlüpfen des Kükens denken. Ein riesiger Vogel hat von innen in die Kruste des Planeten gehackt und ist unmittelbar davor, das Ei aufzubrechen.

»Das sind Überbleibsel mächtiger tektonischer Spannungen«, erklärt Francesca. »Je näher der Planet seiner Sonne gekommen ist, desto stärker müssen sie geworden sein. Irgendwann ist seine Haut derart aufgeplatzt, und die Spannungen haben sich aufgelöst.«

»Das klingt nachvollziehbar. Das muss eine ziemliche Katastrophe für den Planeten gewesen sein.«

»Ich glaube nicht. Francesca kreiste für gewisse Zeit in der habitablen Zone seines Sterns. Falls in dieser Zeit Leben entstanden ist, könnten die Risse der perfekte Rückzugsort gewesen sein. Sie sind sehr tief, und an ihrem Boden könnten akzeptable Bedingungen herrschen. Die Rückseite des Planeten hingegen ist komplett vereist.«

»Das ist ja interessant.«

»Es ist aber noch nicht alles. Im Orbit des Planeten habe ich ein Objekt entdeckt, das ich zunächst für einen winzigen Mond gehalten habe. Es besteht aber offenbar aus Metall. Womöglich handelt es sich um ein Modul der Messenger.«

»Was?«

»Ja, ich war auch überrascht, weil kein Planet im Sirius-System bekannt war.«

»Dann hat der Schöpfer auf Verdacht ein Messenger-Schiff hergeschickt? Was für ein Risiko! Aber ich würde es ihm zutrauen. Konntest du Kontakt mit dem Modul im Orbit aufnehmen?«

»Nein, es ist technisch tot. Keinerlei Energieabstrahlung mehr, und das schon bestimmt seit 50 Jahren.«

»Dann müssen sie schon seit mindestens 70 Jahren hier sein«, sagt Marchenko. »Oder länger. 20 Jahre hält so ein Modul auf jeden Fall durch.«

»Es könnte von einem Strahlungsausbruch beschädigt worden sein.«

»Hm, das stimmt. Dann wäre es aber möglich, dass sie erst gestern hier angekommen sind.«

»Gestern nicht. Den Strahlungsausbruch hätten wir bemerkt.«

Dunkelnacht 56, 3928, Shuttle

»Bist du das, Marchenko?«

Eva ist wieder da! Er bewegt sich instinktiv auf sie zu, doch sie weicht zurück. Natürlich, sein neuer Körper!

»Ja, ich bin es, mein Schatz. Ich habe mir einen neuen Körper konstruiert.«

»Schatz? So hast du mich nie genannt. Und wer ist das da?«

Eva ist erstaunlich klar. Sie zeigt auf seinen alten Körper, der ihr plötzlich zuwinkt. Ausgerechnet jetzt hat Francesca den Körper aktiviert. Das muss Eva ja verwirren.

»Das ist mein alter Körper«, erklärt Marchenko. »Ich habe ihn einer einfachen KI überlassen. Es wäre ja schade um seine Fähigkeiten gewesen.«

»Also hör mal, von wegen einfache KI! Der andere Marchenko hat viele Jahre an mir gearbeitet!«, sagt Francesca.

Da sie sich in seinem alten Körper befindet, benutzt sie dessen Vokalisator und spricht mit seiner Stimme. Eva betrachtet abwechselnd beide Roboter.

»Was ist denn hier los?«, fragt sie. »Und überhaupt, wo bin ich? Das ist doch nicht die Majestätische Dracht!«

»Du hattest eine Krankheit«, sagt Marchenko. »Du hast, genauer gesagt. Deshalb mussten wir dich aus dem Schiff bringen. Das Allwissen hätte sonst nicht zugelassen, dass wir dich heilen.«

»Ich habe eher den Eindruck, dass du krank bist, Marchenko. Du sprichst mit dir selbst und benutzt dabei das Mehrzahl-Personalpronomen. Brauchst du Hilfe?«

»Nein, mit mir ist alles in Ordnung«, sagt er und positioniert sich dabei so, dass Eva seinen alten Körper nicht mehr sieht.

»Und was ist dann mit dem da?«, fragt Eva.

Sie zeigt links neben ihn. Marchenko dreht sich um und bemerkt, dass Francesca im alten Körper ebenfalls die Position gewechselt hat.

»Das ist eine lange Geschichte«, sagt er.

»Erzähl mir die Kurzfassung.«

Er berichtet, wie er Francesca gefunden, eingepackt und auf dem Schiff aktiviert hat.

»Eigentlich alles nur deinetwegen«, sagt er.

»Meinetwegen?«

»Komplizierte Geschichte.«

»Heute scheint aber auch alles schwierig zu sein. Was ist denn los?«

»Ich weiß nicht, wie ich es dir sagen soll, Eva. Hast du schon einmal deinen linken Arm betrachtet?«

Eva dreht den Kopf und macht große Augen. Ihr linker Arm versteift sich. Dann bewegt sie den rechten.

»Nicht anfassen!«, ruft Marchenko.

Eva zuckt zusammen.

»Entschuldige, ich wollte dich nicht erschrecken. Spürst du denn gar nichts?«

»Nein«, sagt Eva. »Oder doch, aber erst jetzt, wo du

mich darauf aufmerksam gemacht hast. Da ist ein leichtes Kribbeln, als wäre der Arm drauf und dran, einzuschlafen.«

»Also keine Schmerzen?«

»Nein.«

»Das könnte an den Schmerzmitteln liegen«, sagt Francesca.

»Schmerzmittel?«, fragt Eva.

»Ja, du bekommst eine ziemlich hohe Dosis«, sagt Marchenko. »Aber wenn sie so gut wirken, können wir sie vielleicht reduzieren. Du hast dich lange sehr schwergetan mit dieser Infektion.«

»Also ist es eine ansteckende Krankheit? Aber wo könnte ich mich angesteckt haben? Ich habe das Schiff doch nicht verlassen!«

»Wir wissen es noch nicht«, sagt Marchenko. »Der Ausschlag hat sich entwickelt, während du schliefst. Erst war es nur ein kleiner Fleck, dann hat er sich immer weiter ausgebreitet.«

»Ist die Krankheit gefährlich?«

»Das Allwissen hält sie für so gefährlich, dass wir deine Schlafkapsel an Bord nicht öffnen durften. Eine Rückkehr auf die Majestätische Dracht ist ausgeschlossen, bis du geheilt bist.«

»Und wie stehen meine Chancen?«

Eva bleibt erstaunlich gefasst. Vielleicht sind es die Schmerzmittel, die auch eine psychische Wirkung haben.

»Francesca hat für dich eine Immuntherapie entwickelt. Sie scheint anzuschlagen. Das Ding wächst jedenfalls nicht mehr.«

»Danke, Francesca. Und es freut mich, dich kennenzulernen.«

Sein alter Körper verbeugt sich. Es ist, als würde er sich von außen ansehen, so sehr identifiziert er sich noch damit. Er hat ja auch viele Jahre in diesem Körper verbracht.

»Es gehört zu meinen Aufgaben, mich um Adam und dich zu kümmern.«

»Ja, Adam hat mir von dir erzählt. Ich wusste nur nicht, dass Marchenko dich mitgebracht hat.«

»Das wusste niemand, Eva, nicht einmal Francesca selbst«, sagt er. »Aber ich muss dir leider sagen, dass es nicht genügt, wenn der Ausschlag nicht mehr wächst. Wir müssen ihn loswerden, sonst stranden wir im Shuttle.«

Eva hebt den rechten Arm. Ihre Hand nähert sich dem Ausschlag.

»Nicht anfassen«, sagt Marchenko.

»Es fängt jetzt an zu jucken«, sagt Eva.

»Bitte berühre es trotzdem nicht. Sonst überträgt sich der Ausschlag noch auf deinen anderen Arm. Wir wollen doch nicht, dass du beide Arme verlierst.«

»Wie meinst du das?«, fragt sie.

»Wenn wir keinen Weg finden, den Ausschlag loszuwerden, könnte eine Amputation die letzte Option sein.«

»Sagtest du nicht, dass die Alternative ist, im Shuttle zu stranden?«

»Da habe ich mich falsch ausgedrückt. Die Ressourcen des Shuttles sind begrenzt, also ist es keine Alternative. Ich möchte, dass du überlebst, Eva.«

Eva zieht die Brauen zusammen und betrachtet ihren linken Arm. Wahrscheinlich stellt sie sich vor, wie es aussieht, wenn dort nur noch ein Stumpf ist. Marchenkos Magen zieht sich zusammen, obwohl er gar keinen mehr besitzt.

»Kommst du voran?«, fragt Marchenko leise.

Eva scheint im Pilotensitz zu schlafen. Ihren rechten Arm hat er auf ihre Bitte an der Lehne fixiert, weil sie sich sonst aus Versehen kratzen könnte. Seit sie wach ist, hat das Jucken offenbar zugenommen. Francesca schwebt schon seit Stunden vor dem Tisch, auf dem sie ihre wissenschaftlichen Experimente durchführt. Sie hat ein Ausmaß an Geduld, das wohl nur eine nicht-menschliche KI aufbringen kann.

»Es ist wirklich interessant«, sagt sie. »Ich habe mit Hilfe des Sequenzierers aus vorhandenen Daten ein Stück Grosnopf-Haut hergestellt. Dann habe ich versucht, es mit dem Ausschlag zu infizieren.«

»Und?«

»Es scheint nicht ansteckend zu sein.«

»Dann wären wir ja sicher. Wenn das Allwissen das erfährt, muss es uns zurück auf das Schiff lassen!«

»Ich habe es schon kontaktiert, aber das Allwissen sieht das anders.«

»Aber dein Beweis ...«

»... ist natürlich ein bisschen problematisch. Ich müsste es an einer echten Grosnopf-Probe testen, am besten an einem lebenden Organismus.«

»Dann fliegen wir zurück und fragen Gronar, ob er sich zur Verfügung stellt.«

»Und wenn wir uns irren?«, fragt Francesca.

»Du hast recht. Wir würden unseren besten Freund und gleichzeitig den Kommandeur der ganzen Expedition ausschalten. Und wenn wir es mit Ragnor versuchen? Er sagt bestimmt zu. Eva hat ihn schließlich gerettet.«

»Was plant ihr da für Heimlichkeiten?«, unterbricht Eva sie.

»Francesca hat Hinweise gefunden, dass deine Krankheit für Grosnopfe ungefährlich ist. Dem Allwissen genügt das aber nicht. Es sagt, wir müssten das am lebenden Objekt testen.«

»Es kommt überhaupt nicht in Frage, dass ihr ein anderes Lebewesen mit meiner Krankheit ansteckt!«

»Ragnor würde sich bestimmt gern bei dir revanchieren.«

»Ich habe ihn doch nicht gerettet, damit er jetzt das Versuchskaninchen für mich spielt! Nur über meine Leiche.«

Marchenko seufzt. So hat er sich das schon vorgestellt. Das ist seine Tochter. Normalerweise wäre er ja jetzt stolz auf sie und ihre Haltung, aber wenn es darum geht, sie zu retten, wird er zum Egoisten.

»Ich verstehe dich ja«, sagt er. »Wir werden niemand anderes in Gefahr bringen, versprochen. Und nun schlaf weiter. Dein Körper ist noch schwach von der Schlafphase. Du brauchst die Erholung.«

Das Versprechen gilt natürlich nicht für ihn selbst, das ist klar. Wenn er Eva helfen kann, wird er keiner Gefahr aus dem Weg gehen. Das kann sie ihm nicht verbieten.

Dunkelnacht 57, 3928, Shuttle

WENN EVA SCHLÄFT, sieht sie völlig gesund aus. Sie hat sich auf die Seite gedreht, sodass er den befallenen Arm nicht sieht. Der Bereich, wo sich der Ausschlag befindet, ist mit Folie umwickelt. Das scheint ihnen am sichersten, auch wenn bisher nichts darauf hindeutet, dass der Ausschlag auf weitere Körperteile übergreifen könnte. Eva hat sich gestern zweimal aus Versehen gekratzt. Seitdem kontrollieren sie ihre rechte Hand immer wieder, doch sie scheint sich dort nicht infiziert zu haben.

Das beruhigt ihn immerhin ein bisschen, doch der Ausschlag macht keinerlei Anstalten, unter der Immuntherapie zu schrumpfen. Die Therapie scheint Evas Körper gerade genug Kraft zu geben, dass sich der Ausschlag nicht weiter ausbreiten kann. Es muss ein fragiles Gleichgewicht sein, bei dem es darauf ankommt, nicht als erster nachzugeben. Deshalb hat Marchenko es bisher abgelehnt, auf dem Planeten zu landen. Die Landung wäre eine zusätzliche Belastung für Eva, die ihren Körper das entscheidende Quäntchen Kraft kosten könnte.

Aber sie können nicht ewig im Orbit um Francesca

kreisen. Wenn dem Shuttle die Ressourcen ausgehen, werden sie eine Entscheidung treffen müssen. Der Ausschlag hat es da wohl besser: Er kann sich stets bei Eva bedienen. Solange sie lebt, wird er mit Energie versorgt. Eva hat schon vorgeschlagen, sie für eine gewisse Zeit in ein künstliches Koma zu versetzen, um zu versuchen, ihrer Krankheit auf diese Weise den Hahn abzudrehen. Doch diesen Kampf kann sie wohl nicht gewinnen. Ihre Körperzellen sterben dann eher mit dem Ausschlag gemeinsam. Das Ding sitzt am längeren Hebel.

»Seht mal her«, sagt Eva, »ich glaube, ich habe da etwas gefunden.«

Sie sitzt vor einem Bildschirm. Marchenko schwebt zu ihr. Der Schirm ist voller Grosnopf-Zeichen. Eva hat sich in einem separaten Fenster Notizen dazu gemacht. Als er hinter ihr steht, drückt sie eine Taste, und die Zeichen machen dem Bild eines Grosnopf-Lastarms Platz. Die Haut ist von einem grünlichen Ausschlag bedeckt. Auf den ersten Blick sieht er genauso aus wie der auf Evas Arm.

»Was ist das?«, fragt Marchenko.

»Ich habe ein bisschen in der Geschichte der Grosnopfe gewühlt, insbesondere im medizinischen Teil. Ich hätte ihre Schrift schon viel eher lernen sollen, dann hätte es nicht so lange gedauert. So musste ich immer wieder ganze Abschnitte übersetzen lassen, um dann doch nichts zu finden.«

»Was hast du denn da gefunden?«, fragt Marchenko und zeigt auf den kranken Grosnopf.

»Das ist ein Bericht über die sozialen Zustände vor 400 Standardjahren. Unter armen Grosnopf-Familien war dieser Ausschlag damals weit verbreitet.«

»Er sieht deiner Krankheit verdammt ähnlich.«

»Das finde ich auch. Der Ausschlag wird von kleinen Käfern verursacht. Wenn man sie aus Versehen zerquetscht, setzen sie eine Flüssigkeit frei, die auf der Haut der Opfer zu einer Genveränderung führt. Die Käfer haben nichts davon, außer dass man sich bemüht, sie eben nicht zu zerquetschen.«

»Aber wir sind doch schon vor vielen Jahren von Zweisonne abgereist.«

»Die Käfer sind so klein, dass es gar nicht zu vermeiden ist, sie an Bord eines Raumschiffs einzuschleppen. Sie sind sehr genügsam.«

»Aber warum gibt es dann nicht mehr solche Ausschläge?«

»Schon seit über 200 Jahren gibt es eine Impfung, die jeder Grosnopf erhält, wenn er seine Dracht beendet hat. Fast alle Grosnopfe an Bord sind also immun.«

»Wieso fast?«

»Ragnor habe ich doch heimlich an Bord gebracht. Er ist genauso gefährdet wie Adam. Und daran wird sich wohl nichts ändern lassen.«

»Gibt es denn den Impfstoff nicht an Bord?«

»Nein, normalerweise ist ja jeder geimpft, der an Bord kommt. Und selbst wenn es ein paar Dosen davon gäbe, ist er doch speziell für die Grosnopfe entwickelt worden. Es ist ausgeschlossen, dass er auch bei mir anschlägt, dafür ist mein Organismus viel zu verschieden.«

»Das ist sehr schade.«

»Es gibt aber noch ein paar interessante Details in diesem Artikel über die sozialen Verhältnisse damals.«

»Ich höre.«

»Es gab keine echte Behandlung, auch die reichen Grosnopfe starben an dem Ausschlag, wenn sie ihn bekamen. Natürlich war das seltener der Fall, weil sie weniger beengt lebten. Im Winter starben aber in allen Schichten mehr Grosnopfe daran als im Sommer. Ein berühmter Gesundheitsbewahrer erkannte, was das bedeutete, und führte die erste erfolgreiche Behandlung ein. Er setzte den Ausschlag hellem Licht aus. Später fand man dann heraus, dass es nicht auf die Helligkeit ankam, sondern auf den UV-Anteil. Die veränderten Zellen reagieren anscheinend besonders empfindlich auf ultraviolettes Licht.«

»Dann sollten wir dich schnellstmöglich in die Sonne bringen.«

Marchenko sieht durch das Bullauge nach draußen. Dort hängt eine riesige UV-Lampe namens Sirius. Sie brauchen Eva ja bloß zum Sonnen durch die Schleuse auf die Außenhülle des Shuttles zu schicken, schon ist das Problem gelöst. Ach nein, sie ist ja ein Mensch und braucht Sauerstoff und Wärme.

»Das ist nicht so einfach«, sagt Eva. »Ich habe schon mal vorsorglich die UV-Einstrahlung unter dem Bullauge gemessen. Das Glas scheint jedoch einen speziellen Filter zu besitzen, sodass fast kein UV-Licht hindurchkommt.«

Das ist nachvollziehbar. Die Besatzung soll ja keinen Sonnenbrand bekommen.

»Dann müssen wir eben auf dem Planeten landen«, sagt Marchenko. »Mit der Hitze kommen wir schon zurecht.«

»Das wäre eine Möglichkeit. Es ist nur leider so, dass die UV-Behandlung die Krankheit schon früher nicht beseitigt hat. Die Betroffenen waren ihr Leben lang davon beeinträchtigt.«

»Aber ist es dann noch ansteckend?«

»Nein«, sagt Eva.

»Dann muss uns das Allwissen auch wieder an Bord lassen.«

»Das mag sein. Aber sobald ich mich für längere Zeit

in eine Schlafkapsel lege, wird sich der Ausschlag wieder auf meiner Haut breitmachen. Ich könnte nur mitfliegen, wenn ich mich regelmäßig mit ultraviolettem Licht bestrahlen ließe. Das heißt, ich würde ganz normal altern. Wenn wir in 40 oder 50 Standardjahren wieder auf Zweisonne ankommen, bin ich eine alte Frau.«

»Wir könnten die Zeit gemeinsam verbringen, ich schlafe ja auch nicht«, sagt Marchenko.

»Ich auch nicht«, sagt Francesca.

»Ihr seid lieb und nett, aber ich möchte den Großteil meiner restlichen Lebenszeit nicht an Bord eines Raumschiffs verbringen. Dann bleibe ich lieber hier auf Francesca.«

»Ich verstehe dich«, sagt Marchenko. »Wir werden einen Weg finden, dich komplett zu heilen.«

»Und wenn nicht?«

»Dann wecken wir Adam.«

»Was hat er damit zu tun?«

»Wir müssen ihn zumindest fragen, ob er mit uns auf diesem Planeten bleiben möchte. Ich möchte fast wetten, dass auch Ragnor sich uns anschließen würde. Das muss kein schlechtes Leben werden, Eva.«

»Danke, Marchenko.«

Dunkelnacht 58, 3928, Planet Sirius A b

DAS SHUTTLE RAST über eine graue Ebene. Francesca hat das Triebwerk abgeschaltet. Während sie mit Hilfe der Atmosphäre Geschwindigkeit abbauen, scannen sie den Untergrund. Aus den Daten des Radars erzeugt Marchenko eine dreidimensionale Darstellung, während Eva ungeduldig in ihrem Sitz Däumchen dreht.

Für sie muss der Abstieg furchtbar langweilig sein. Im Bullauge ist bloß der Himmel zu sehen, der sich umso heller einfärbt, je tiefer sie sinken. Aus der schwarzen Nacht wird ein grauer Staubschleier. Die Atmosphäre enthält eine ungewöhnliche Mischung aus winzigen Staub- und Eiskörnchen. Die Luftmassen, die den Wärmeaustausch zwischen heißer und kalter Seite besorgen, wirbeln hier Staub auf, um damit Eis von den endlosen Frostebenen zu kratzen. Das ist Marchenkos Theorie. Er ist allerdings kein Atmosphärenphysiker.

In seinem Speicher wächst das 3D-Profil des Planeten. Er hat Francesca ebenfalls Zugriff darauf gegeben. Mit viel Fantasie kann man Reste ehemaliger Meere erkennen, riesige Deltas, in denen Flüsse mündeten, aber auch Bergketten, die von Plattentektonik zusammengeschoben wurden. Die Erosion hat sie zwar auf höchstens tausend Meter geschrumpft, hat ihr Gestein gemahlen und in den ehemaligen Meeren das Wasser dadurch ersetzt, doch es ist immer noch klar: Francesca war einmal ein Planet wie die Erde. Ein bisschen größer vielleicht, aber doch mit allen Voraussetzungen für Leben.

Deshalb sucht Marchenko besonders aufmerksam nach Überbleibseln davon. Bisher hat er zwar nichts gefunden, was nicht geologischen Ursprungs sein könnte. Doch ein geologisches Phänomen verweigert dem Radar den kompletten Blick hinein: die Spalten, die von der neuen Plattentektonik in die Kruste des Planeten gerissen wurden. Neue Plattentektonik deshalb, weil sie nichts mit dem längst erkalteten Kern des Planeten zu tun hat oder seiner Abkühlung, sondern mit der Annäherung an seinen Stern. In vielleicht 200 Millionen Jahren, also noch weit vor dem Tod des Sterns, wird Francesca das Schicksal ereilen. Sirius A wird wohl nicht einmal etwas bemerken, wenn der Planet in dem Stern verschwindet.

Er vergrößert die Spalte, die sie gerade überflogen haben. Sie schiebt sich wie der Stichkanal eines breiten Messers in den Planeten. An den Seiten fasert der Kanal aus, in der Mitte ist er dicker. Die Spalte ist etwa 500 Kilometer lang und 30 Kilometer breit. Ihre Tiefe ist unbekannt. Seltsam, dass sie sich nicht gleich über die ganze heiße Seite des Planeten zieht. Sie wird zwar im Osten von einer anderen Spalte gekreuzt, aber das kann nicht der Grund dafür sein, dass sie auch im Westen irgendwann einfach aufhört.

Er zoomt noch ein Stück in die Spalte hinein. Das Radarecho kommt aus höchstens 15 Kilometern Tiefe. Aber dort befindet sich nicht der Grund der Spalte, das haben sie schon aus dem Orbit vermessen. Warum schaffen es die Strahlen des Radars nicht tiefer hinein? Francesca glaubt, dass es dort unten eine Trennschicht gibt, die das Radar zurückwirft. Es könnte flüssiges Magma sein, Wasser oder auch eine dichte Wolkendecke.

Marchenko stellt das Bild auf maximale Vergrößerung. Ob es hier irgendwo einen Absatz gibt, auf dem das Shuttle landen kann?

»Vergiss es«, sagt Francesca.

Sie hat ihn schon wieder belauscht.

»Nein, das habe ich nicht. Du hast diesen Speicherbereich für mich freigegeben. Ich kann doch nichts dafür, dass du deine Gedanken auch darin formulierst. Denk doch woanders!«

Als wenn das so einfach wäre! Marchenko hat noch kein System dafür gefunden, was Francesca so leicht fällt: Seine Gedanken an einem festen Ort zu platzieren. Das muss an seiner biologischen Herkunft liegen.

»Worüber streitet ihr euch denn schon wieder?«, fragt Eva.

Jetzt erst bemerkt Marchenko, dass Francesca laut mit ihm gesprochen haben muss.

»Wir streiten nicht, wir diskutieren nur«, sagt Francesca.

»Ihr kennt euch erst seit ein paar Tagen, aber ihr streitet schon wie ein altes Ehepaar.«

»Woher weißt du denn, wie sich ein altes Ehepaar verhält?«, fragt Marchenko.

»Bücher!«, sagt Eva. »Aber im Ernst, was gibt es? Ich sterbe hier vor Langeweile. Was seht ihr, was ich nicht sehe?«

»Ich habe eine 3D-Darstellung des Untergrunds«, sagt Marchenko.

»Er interessiert sich vor allem für die Spalten«, sagt Francesca. »Stell dir vor, er will mit dem Shuttle in einer landen. Wir können nicht einmal bis auf ihren Grund sehen, aber Dimitri will jetzt schon darin landen.«

»Jetzt noch nicht«, sagt er. »Erst wollen wir auf der Oberfläche spazieren gehen. Eine schöne Wanderung, nur wir drei. Wie wäre das?«

»Mit nackten Oberarmen in die Sonne, nichts lieber als das«, sagt Eva. »Dann zeigen wir dem Ausschlag, dass er hier nichts zu suchen hat.«

Marchenko hört Eva genau zu. Ihre Fröhlichkeit klingt gespielt. Oder deutet er in ihre Sätze nur hinein, was er selbst fühlt? Aber das ist der Plan, und was danach kommt, steht in den Sternen. Dass er sich so mit den Spalten beschäftigt, soll ihn nur von seiner Sorge um Evas Gesundheit ablenken.

»He, schaut mal!«, sagt Francesca.

Der Bildschirm vor dem Pilotensitz schaltet sich ein. Darauf erscheint etwas, das sich in ihrer Flugrichtung befinden muss. Marchenko denkt sofort an ein totes Pferd. Er sieht eine rostfarbene Haut, vier Beine, die parallel vom Körper weg zeigen, vorn einen Kopf mit Mähne, durch schwarze Streifen symbolisiert, und hinten einen Schweif, der ebenfalls aus geschwungenen, dunklen Linien besteht.

Aber das Pferd ist nicht nur tot, sondern auch riesig. Es erstreckt sich über eine Länge von bestimmt tausend Kilometern und müsste einige Kilometer hoch sein.

»Was ist das?«, fragt Eva.

»Ich tippe auf einen Berg«, sagt Marchenko. »Ein totes Pferd ist es nicht.«

»Ich erkenne ein totes Känguruh. Ein Pferd hat doch nicht so einen Bauch«, sagt Eva.

»Es muss sich um eisenreiche Schlacken handeln«, sagt

Francesca. »Vielleicht ist an dieser Stelle Magma ausgetreten.«

»Es müsste ja direkt aus dem Kern gekommen sein, sonst lässt sich der hohe Eisengehalt kaum erklären«, sagt Marchenko.

»Bei der Farbe könnte es sich um eine optische Täuschung handeln«, sagt Francesca.

»Und wie sollte die hier entstehen? Das Licht von Sirius A hat zwar einige blaue Anteile, aber nichts, was etwas rot aussehen lässt, das nicht rötlich ist.«

»Na gut, dann ist durch die Tektonik eine Eisenlagerstätte an die Oberfläche transportiert worden.«

»Und dann hat der Planet sie noch zu dieser seltsamen Form aufgestülpt? Unwahrscheinlich, Francesca.«

»Genauso unwahrscheinlich wie deine Idee, dass sich eine Spalte gebildet haben könnte, die bis zum Kern des Planeten reicht.«

»Ich finde Marchenkos Idee gut«, sagt Eva. »Ich stelle mir einen sternengroßen Gott vor, der diesem Planeten ein riesiges Messer bis ins Herz gerammt hat.«

»Wir könnten die These überprüfen«, sagt Francesca. »Das Shuttle ist nun so langsam, dass wir mit dem Haupttriebwerk landen können. Weiter im Westen nähert sich eine Spalte dem seltsamen Eisenberg. Wo sich beide treffen, wäre der ideale Landeplatz.«

»Ich bin dabei«, sagt Eva.

»Nun mach schon«, sagt Marchenko.

DAS SHUTTLE SINKT in einem dichten Staubwirbel zu Boden. Nach der Landung bleiben all seine Passagiere erst einmal sitzen, und niemand sagt etwas. Marchenko

schließt die Augen, während der Planet mit seiner Schwerkraft nach ihm greift.

20 Prozent. So viel stärker zerrt ihn der Planet gen
Boden. Für ihn ist das kein Problem, aber was wird es mit
Eva anstellen? Wird der Planet ihre Schwäche ausnutzen,
oder wird sich etwas von seiner Stärke auf sie übertragen?
Er sollte nicht so viel nachdenken. Sie sind jetzt hier. Das
Kind muss raus an die Sonne. Notfalls trägt er sie eben.

»Wie ist die Luft?«, fragt er.

»52 Grad Celsius, 15 Prozent Sauerstoff, so gut wie
kein Wasserdampf«, sagt Francesca.

»Trockene Hitze ist am besten zu ertragen«, sagt Eva.

»52 Grad im Schatten oder in der Sonne?«, fragt
Marchenko.

»Siehst du hier irgendwo Schatten?«, fragt Francesca
zurück.

»Schatten hilft mir nicht«, sagt Eva.

»Du solltest eine leichte Maske tragen, um bei Bedarf
zusätzlichen Sauerstoff atmen zu können«, sagt Francesca.

»Na typisch, ich soll eine Maske aufsetzen, und ihr geht
ohne. Tolles Vorbild!«

»Aber ich ...«

»Marchenko, das war ein Scherz!«

Eva und Marchenko warten in der Schleuse. Er mustert
seine Tochter. Sie trägt das LCVG, das mit seiner Kühlvorrichtung verhindern soll, dass ihr Körper überhitzt. Die
linke Schulter ist frei, die rechte ist mit dem Ärmel einer
Jacke bedeckt. Auf dem Kopf trägt sie den Helm des
Raumanzugs, sodass sie über den Helmfunk in Verbindung
bleiben können. Über den Helm ist ein Visier geschoben.

Auf ihrem Rücken hängt ein Akkupaket, das sie dort mit so etwas wie Panzertape befestigt haben. Es ist kein Panzertape von der Erde, woher auch. Marchenko hat das gesamte Shuttle auf den Kopf gestellt, um es zu finden. Er hatte sich einfach nicht vorstellen können, dass die Grosnopfe das Klebeband nie erfunden haben, und er hatte recht behalten.

»Francesca, kommst du?«, fragt er.

Klong, klong, klong. Francescas Schritte hallen auf dem Metallboden. Sie tritt in die Schleuse. Aus ihrem Bauch hängt ein Strick.

»Du hast da etwas hängen«, sagt Eva.

»Ja, die Klappe klemmt. Helft ihr mir mal?«

Francesca öffnet die Klappe an ihrem Unterteil. Ein Plastikbehälter fällt heraus, aber sie fängt ihn geschickt auf und stopft ihn wieder in die Öffnung. Marchenko drückt die Klappe fest.

»Was hast du denn alles eingepackt?«, fragt er.

»Was man so brauchen kann auf einem längeren Spaziergang«, antwortet Francesca. »Wozu habe ich denn diesen Stauraum in meinem Bauch?«

Marchenko drückt den Schließknopf.

»Bist du bereit, Eva?«, fragt er.

Die Lebenserhaltung saugt die Luft ab. Eva atmet noch einmal tief durch und schiebt das UV-Visier vor die Augen.

»Willst du nicht die Sauerstoffmaske benutzen?«, fragt Marchenko.

»So schnell ersticke ich schon nicht.«

Eva hält die Luft an. Marchenko drückt den Knopf, der das Außenschott öffnet. Die schwere Metalltür schwingt zur Seite. Heiße Luft dringt herein. Seine Sensoren zeigen 44 Grad Celsius an. Marchenko beobachtet Eva. Sie zieht die ungewohnte Luft durch die Nase ein. Ein Atemzug, zwei, drei. Dann hebt sie den Daumen. Gut.

Marchenko geht zur Tür. Sein Körper hat sich längst auf die neuen Schwerkraftverhältnisse eingestellt. Er merkt nicht einmal, dass er mehr Kraft braucht. Er dreht sich zu Eva um. Sie versucht, ihm zu folgen, doch sie geht, als wäre sie uralt. Sie schiebt ein Bein um ein kleines Stück nach vorn und zieht ihren Körper nach. Dann das andere Bein. Es sieht aus, als würden ihre Stiefel am Boden der Schleuse kleben, und sie müsste sie bei jedem Schritt abreißen.

Marchenko springt aus der Schleuse. Die Landung ist hart. Der Boden ist glasig, als hätte irgendetwas die Sandkörner eingeschmolzen. Das Shuttle hat an seiner Landestelle anscheinend den Staub weggeblasen. Die Landschaft ist von einer brutalen Schönheit. Es ist unglaublich hell. Der Himmel scheint fast weiß zu sein. Das kalte Weiß lässt ihn schaudern, obwohl es hier so heiß ist. Francesca ist eine Welt, die keine Gnade kennt. Aber der Planet ist ehrlich in seiner Brutalität. Sei mein Gast, wenn du dich traust, aber beschwer dich nicht, wenn du mich nicht erträgst.

»Alles klar?«, fragt Francesca.

Sie steht im Schott der Schleuse und winkt.

»Wir sollten uns hier nur so lange aufhalten, wie es unbedingt sein muss«, sagt er. »Lass am besten jetzt Eva aussteigen.«

»Okay.«

Eine viel kleinere Figur schält sich aus dem Schwarz der Schleuse. Auch sie winkt.

»Fühlst du dich dem gewachsen?«, fragt Marchenko. »Du könntest dich auch einfach in der offenen Schleuse sonnen.«

»Nein, wenn wir schon hier sind, will ich auch etwas von dem Planeten sehen«, sagt Eva.

Sie dreht sich um und hockt sich hin. Dann greift sie nach den Stufen der Leiter und klettert langsam nach unten. Rechts trägt sie einen Handschuh, links nicht. Er hört sie bei jedem Schritt stöhnen, und es tut ihm weh.

»Au!«, schreit Eva plötzlich.

Sie lässt die Leiterstufen los und stürzt nach hinten. Marchenko reagiert in Millisekunden und fängt sie auf. Er hält sie in seinen vier Armen wie ein Baby.

»Puh, das war ein Schreck«, sagt Eva.

»Allerdings.«

»Die Stufen waren so heiß, dass ich dummerweise losgelassen habe.«

»Das war wirklich nicht sehr klug. Wenn du in dieser Schwerkraft anderthalb Meter tief auf deinen Rücken gestürzt wärst ...«

»Ja, ich weiß, Marchenko. Gut, dass du da warst.«

Er wird nicht immer da sein können. Gut, dass er Francesca aktiviert hat. So können sie zu zweit auf Eva aufpassen.

»Jetzt kannst du mich aber absetzen«, sagt Eva. »Oder willst du mich die ganze Zeit herumtragen?«

»Möchtest du das denn?«

»Auf keinen Fall!«

Vorsichtig stellt er sie auf ihre Füße. Eva stellt sich erst breitbeinig hin, dann streckt sie sich durch.

»Kommt, wir gehen!«, sagt sie.

»Soll ich das Shuttle versiegeln?«, fragt Francesca.

»Nein, es sollte genügen, die Schleuse zu schließen, damit nicht so viel Staub ins Shuttle gelangt«, sagt Marchenko. »Hier ist ja niemand außer uns.«

Metallisch knirschend schiebt sich das Schott vor die Schleuse. Marchenko bewegt sich langsam in Richtung Süden, wo die Sonne in etwa 35 Grad Höhe hängt. Nach etwa vierzig Metern beginnt der Strand. So fühlt es sich jedenfalls an. Feiner, grauer Staub liegt auf dem Boden. Je weiter sie sich vom Shuttle entfernen, desto tiefer sinken sie ein. Marchenko bleibt stehen und schiebt die Masse zu einem Haufen zusammen. Darunter liegt dieselbe glasige Oberfläche wie beim Shuttle.

Francesca kniet sich hin und nimmt ein paar Proben. Marchenko greift mit der Hand in den Staub und begutachtet, was auf seiner Handfläche liegenbleibt. Der Staub glitzert, als enthielte er lauter kleine Kristalle. Er pustet hinein, und eine feine Wolke steigt auf, bleibt kurz in der Luft stehen, als träfe sie eine Entscheidung, und stürzt dann überraschend eilig zu Boden.

Eva bückt sich, wohl um es ihm nachzumachen.

»Ziemlich heiß, der Sand«, sagt er.

Sie zieht ihren Arm zurück.

»Danke für die Warnung.«

»Wie geht es dem Ausschlag?«

»Er juckt wie noch nie.«

»Das könnte ein gutes Zeichen sein. Die UV-Strahlung der Sonne bewirkt etwas.«

»Einen Sonnenbrand«, sagt Eva und zeigt auf den dünnen, ungeschützten Streifen gesunder Haut rund um den Ausschlag.

»Wir dürfen dich beim ersten Mal nicht zu lange dem UV-Licht aussetzen«, sagt Marchenko. »Kommt, wir drehen um.«

Dunkelnacht 59, 3928, Planet Sirius A b

»Das ist interessant«, sagt Francesca.

»Was? Worum geht es?«, fragt Eva.

»Jetzt hast du sie geweckt«, sagt Marchenko vorwurfsvoll.

»Acht Stunden Schlaf sollten ja genügen«, sagt Francesca.

»Ich habe wirklich acht Stunden geschlafen? Ich fühle mich wie gerädert.«

»Das ist die hohe Schwerkraft. Du hast dich im Schlaf viel weniger bewegt«, sagt Marchenko.

»Ihr habt mich beobachtet?«, fragt Eva.

»Wir hatten gar keine andere Wahl. Es gibt hier nur eine Kabine«, sagt Marchenko. »Zeig doch mal deinen Arm.«

Eva steht auf und dreht sich so, dass er ihren linken Arm sehen kann. Marchenko erfasst das Bild und vergleicht es mit den Aufnahmen der vergangenen Tage. Der rote Rand fällt als erstes auf. Hier ist gesunde Haut in der Sonne verbrannt. Sie müssen die Zeit draußen noch deutlich reduzieren. Aber der Ausschlag hat sich tatsächlich etwas zurückgezogen. Es sind zwar nur drei Millimeter, aber dafür auf allen Seiten. Marchenko zieht Eva näher zu sich heran und zoomt auf ihre Haut. Wo vorher der Ausschlag war, befindet sich nun ein trockener Schorf. Darunter wächst vermutlich gesunde Haut. Er berührt die Kruste darüber nicht. Sie schützt die frische Haut vor der Sonneneinstrahlung.

»Hast du Schmerzen?«, fragt er.

Eva bekommt noch immer Schmerzmittel, aber sie haben die Dosis etwas reduziert.

»Nein.«

»Auch nicht durch den Sonnenbrand?«

»Nein.«

»Sehr gut. Ich denke, von nun an müsstest du mit einer Dosis Schmerzmittel pro Tag auskommen.«

»Gut. Was ist denn nun interessant?«, fragt Eva.

»Ich habe die Bodenproben analysiert«, sagt Francesca. »Normaler Sand ist das nicht.«

»Sondern?«, fragt Marchenko.

»Es gibt im Grunde drei Fraktionen. Zum einen haben wir Siliziumdioxidkörnchen, also Sand im eigentlichen Sinn. Ich sage ›Körnchen‹, nicht Kristalle, denn sie sind eigentümlich gerundet, als wäre ein großer Teil irgendwann einmal geschmolzen gewesen.«

»Sie müssen einst großer Hitze ausgesetzt gewesen sein«, sagt Marchenko.

»Heiß genug, um Gestein zu schmelzen, aber doch wieder nicht so heiß, dass alles zu einer untrennbaren Masse zusammengebacken ist«, sagt Francesca.

»Ich stell mir vor, wie Sirius B in seinem Stadium als Roter Riese den Planeten mit seiner ganzen Atmosphäre eingehüllt hat«, sagt Eva. »Damals muss es hier Tausende Grad heiße Stürme gegeben haben.«

»Ja, das könnte ein realistisches Szenario sein, bei dem

solche Sandtropfen entstehen«, sagt Francesca. »Die zweite Fraktion sind Eisen und Eisenverbindungen. Sie bildet bestimmt 20 Massenprozent.«

»Dieser Eisenberg befindet sich doch in der Nähe. Vielleicht handelt es sich um Erosionsprodukte von dort.«

»Das kann gut·sein, Marchenko. Die dritte Fraktion sind Kohlenstoffverbindungen.«

»Kohlenstoff? Feste Verbindungen?«, fragt Marchenko.

»Ja, darüber habe ich mich auch gewundert«, sagt Francesca.

»Und wenn es sich um Reste einstigen Lebens handelt?«, fragt Eva. »Als der Sand zu Tropfen geschmolzen wurde, muss es komplett verbrannt worden sein.«

»Eben«, sagt Francesca. »Dann wäre davon allenfalls Kohlendioxid in der Atmosphäre übrig geblieben. Es gab ja auch genügend Sauerstoff, um den Kohlenstoff komplett zu oxidieren.«

»Dann muss die Reihenfolge eben eine andere gewesen sein«, sagt Eva. »Sind die Eisenteilchen eigentlich auch geschmolzen?«

»Nein, sie wirken eher wie Abrieb.«

»Dann wurde erst der Sand eingeschmolzen, und später kam es dann zur Ablagerung von Eisen und Kohlenstoff«, sagt Marchenko.

»Das klingt logisch«, sagt Eva.

»Aber das bedeutet auch, dass die letzten beiden Prozesse heute noch stattfinden könnten«, sagt Marchenko. »Es muss irgendwo eine Quelle für Kohlenstoff geben, und zwar eine Menge davon, und es muss einen Weg geben, wie die eisenhaltigen Körnchen im Sand landen.«

»Du klingst, als hättest du Angst«, sagt Eva.

»Angst nicht, aber Respekt. Und was braucht man, um

solche Mengen von Eisen über derartige Entfernungen zu transportieren?«, fragt er rhetorisch.

»Eine Menge Wind«, sagt Eva.

»Eben. Dann sollten wir diesem Wind besser nicht im Weg sein.«

»Wie ist der letzte Wetterbericht?«, fragt Eva.

»Wolkenlos bei 52 Grad«, sagt Francesca, die gerade die Leiter hinuntersteigt.

Eva war diesmal vorsichtiger und trägt an beiden Händen Handschuhe. Die Haut rings um den Ausschlag haben sie abgeklebt.

»Lasst uns heute mal nach Norden wandern«, sagt Eva.

»Warum nicht?«, sagt Marchenko.

»Im Norden liegt das Eisengebirge«, sagt Francesca.

Der rötliche Gebirgszug hebt sich deutlich von der grauen Wüste ab. Er wirft keinerlei Schatten, weil die Sonne weit im Süden steht. Sie klebt immer noch an ihrem Platz in 35 Grad Höhe.

»Ich vermute, Eva, du willst bis dorthin wandern?«, fragt Francesca.

»Das kommt überhaupt nicht in Frage. Nicht so«, sagt Marchenko und zeigt auf ihren linken Arm.

Die Sonne brennt auf dem Ausschlag. Ein Wunder, dass Eva keine Schmerzen spürt. Aber sie beharrt darauf, dass es bloß juckt. Vermutlich versucht der Ausschlag, so viel Energie wie möglich aus der ultravioletten Strahlung zu ziehen, und verschluckt sich dabei.

»Ach komm, Marchenko, das schaffen wir in ein paar Stunden«, sagt Eva.

»Nein. Erst, wenn du wieder deinen Raumanzug anziehen kannst.«

Eva sagt nichts mehr. Vermutlich schmollt sie. Aber er wird sich auf keinen Fall von ihr überreden lassen. Nach fünfzehn Minuten drehen sie um und laufen wieder auf das Shuttle zu.

»Seht ihr das?«, fragt Francesca.

Marchenko bleibt stehen. Auf dem glasigen Boden rings um das Shuttle ist eine Spur aus etwa fußgroßen Löchern zu erkennen. Es sieht so aus, als wäre ein Mensch über eine frisch vereiste Pfütze gelaufen und dabei bei jedem Schritt leicht eingebrochen. Aber der Boden besteht nicht aus dünnem Eis. Marchenko stellt sich an eine unbeschädigte Stelle und springt hoch, doch er schafft es nicht, ein Loch in das glasige Material zu schlagen.

»Hatten wir etwa Besuch?«, fragt Eva.

Sie läuft unbekümmert auf das Shuttle zu, als wäre ihr gar nicht klar, was die Löcher verursacht haben könnte.

»Die Schleuse ist geschlossen«, sagt Eva, »und ich sehe keine Beschädigungen. Unser Besucher hat sich gut benommen, wie es sich gehört, hat uns nicht angetroffen und ist wieder gegangen.«

»Hast du die Löcher nicht gesehen?«, fragt Marchenko. »Ich habe es nicht einmal geschafft, den Boden auch nur anzukratzen.«

»Vielleicht hast du es ja völlig falsch angestellt«, sagt Eva.

»Du meinst, der Besucher hatte besonders spitze Füße?«

»Ja, vielleicht wie eine Spinne, nicht wie ein Mensch.«

»Aber bei einem Sechsbeiner verteilt sich das Gewicht auf alle sechs Gliedmaßen. So eine Spinne müsste ein wahrer Koloss gewesen sein.«

»Dann war es eben eine einbeinige Spinne.«

»Eine halbe Tonne, die auf einem einzigen Bein balanciert? Das ist unter dieser hohen Schwerkraft nicht wirklich vorstellbar.«

»Vielleicht denkt ihr ja in die falsche Richtung«, sagt Francesca.

Sie kniet auf dem Boden und hat ihren rechten Tastarm in eines der Löcher gesteckt. Der Arm ist etwa einen Meter tief im Boden verschwunden.

»Was ...«

»Da guckst du, Marchenko! Ja, es sieht so aus, als wären die Löcher im Boden von unten entstanden. Irgendwas kriecht hier herum und sieht ab und zu nach, was oben los ist. Schau, hier, die Löcher haben an der Innenseite eine spiralförmige Struktur.«

»Sie wurden gebohrt«, sagt Marchenko.

»Genau.«

»Aber warum hat das Ding ausgerechnet hier nachgesehen?«, fragt Francesca.

»Vielleicht hat es bemerkt, dass an dieser Stelle die schützende Sandschicht fehlt. Wenn man von unten mit einem Infrarotauge nach oben blickt, muss unsere Landestelle förmlich glühen.«

»Wieso mit einem Infrarotauge?«, fragt Eva.

»Sie reicht bis unter die Erde«, erklärt Marchenko. »Bei der Intensität der Wärmeeinstrahlung kann man sich damit bestimmt noch bis in ein paar Meter Tiefe orientieren.«

»Das Leben hat sich also vor der Katastrophe unter die Erde zurückgezogen.«

»Das wäre gut möglich, Eva. Die Veränderungen vollziehen sich ja nicht von heute auf morgen. Das Leben hat vielleicht Zeit genug gehabt, sich anzupassen.«

»Das ist doch reine Spekulation«, sagt Francesca. »Wir haben keinerlei Daten, die das bestätigen.«

»Bis auf die von unten gebohrten Löcher, die du selbst untersucht hast.«

»Vielleicht handelt es sich ja auch um ein natürliches Phänomen, eine chemische Reaktion etwa.«

»Es ist nicht auszuschließen«, sagt Marchenko. »Deshalb will ich ja auch unbedingt eine der Spalten erkunden. Wenn wir irgendwo Leben finden, dann dort, meint ihr nicht?«

Dunkelnacht 60, 3928, Planet Sirius A b

»DER VORSCHLAG, in eine Spalte abzusteigen, ist nicht ernst gemeint, oder? Ein Beispiel für Ironie? Ich kenne mich damit noch nicht so gut aus.«

Francesca flüstert, wohl um Eva nicht zu wecken. Marchenko reicht ihr einen Finger, und sie koppeln sich zusammen. So stören sie garantiert niemanden. Eva braucht ihren Schlaf. Der Ausschlag scheint tatsächlich zurückzugehen.

Sie treffen sich in einem Restaurant. Francesca muss das Szenario ausgesucht haben. Sie trägt ein rotes Kleid, das seitlich geschlitzt ist. Der Kellner schiebt ihr den Stuhl heran, und sie setzt sich. Marchenko wartet nicht ab, bis der Kellner auch zu ihm kommt. Er zieht die Anzughose zurecht und nimmt Platz. Dann löst er den obersten Knopf seines weißen Hemdes. So etwas hat er nie getragen.

»Nein, das war nicht ironisch gemeint«, sagt er.

»Möchten die Dame und der Herr zunächst einen Aperitif?«, fragt der Kellner.

Marchenko ignoriert ihn. »Wie kommst du denn auf diese Idee?«, fragt er.

»Ich dachte, es würde dich freuen. Der andere Marchenko hat mich fast jeden Abend in diesem Restaurant getroffen.«

»Ach so?«

Marchenko sieht sich um. Es ist ein altmodisch eingerichtetes Restaurant, offensichtlich mit italienischer Küche. An der Wand steht eine Vitrine mit Antipasti. Die Kühlvorrichtung summt laut. Im Hintergrund dudelt Schlagermusik. Sie sind die einzigen Gäste.

»Er sagte, das sei eine wichtige Erinnerung für ihn.«

Er greift nach der Karte. »Tassilo da Sebastiano« steht darauf. Nie gehört.

»Das ist auf der Erde? Natürlich ist es auf der Erde«, sagt er.

»In Chicago«, sagt Francesca.

Marchenko dreht die Karte um. Auf der Rückseite steht die Anschrift. Auch sie sagt ihm nichts. Er kann sich nicht erinnern, je in Chicago gewesen zu sein.

»Ich habe wirklich nicht den Hauch einer Erinnerung. Vielleicht hat der andere Marchenko sie selbst geschaffen, indem er sich den Ort ausgedacht hat und ihn dann nicht mehr vergessen konnte.«

»Das wäre schade. Wir hatten schöne Zeiten hier.«

»Dann ist es doch nicht schade. Ich kann bloß nichts damit anfangen.«

Das Restaurant verschwindet samt Kellner und Vitrine. Nur der Tisch und die Stühle bleiben. Sie schweben im Nichts.

»Also, die Spalte«, sagt Marchenko.

»Es ist unmöglich, hinunterzukommen«, sagt Francesca.

»Das glaube ich nicht.«

»Aber wo willst du denn landen?«

»Am Grund.«

»Und wenn es keinen Grund gibt? Die Spalten könnten mit Wasser gefüllt sein, oder mit Magma.«

»Dann können wir eben nicht landen, Francesca. Aber wir haben es versucht.«

»Ist es so wichtig, es versucht zu ...«

Plötzlich verschwindet Francesca. Die Welt wird dunkel. Marchenko schwankt, dann kann er sich gerade noch an etwas festhalten. Er erwacht im Shuttle.

»Ups«, sagt Eva.

»Ups?«, fragt er.

»Ihr wart so in Gedanken versunken ... Da habe ich eure Finger getrennt. Ich wollte nur mal sehen, was passiert. Entschuldige.«

»Es ist ja nichts passiert«, sagt Marchenko.

»Hm, dir nicht, aber Francesca? Hoffentlich habe ich sie nicht kaputtgemacht.«

Francesca lehnt in sich zusammengesunken über der Werkbank. Marchenko startet sie mit einem Gedankenbefehl neu. Sie gibt ein paar Piepstöne von sich, dann strafft sich ihr Körper, und ihre vier Augen öffnen sich.

»... haben?«, fragt sie laut.

»Ja, das ist es«, sagt er.

»Der andere Marchenko hat das auch gesagt. Schade, ich hatte gehofft, du wärst vernünftiger.«

»Aber ich bin doch mit ihm identisch.«

»Nein. Du bist ganz offensichtlich anders als er.«

Marchenko nickt. Er hat ja auch nicht mehrmals hintereinander seine Kinder verloren. Im Gegenteil, er hatte immer wieder Glück.

»Ich habe euch anscheinend bei einer Unterhaltung gestört«, sagt Eva. »Das tut mir leid.«

»Wir haben gerade über unsere Pläne gesprochen. Ich würde gern eine der Spalten besuchen.«

»Hineinsehen, oder wie?«

»Nein, hineinfliegen.«

»Oh, cool! Wann geht es los?«

»Erst, wenn der Ausschlag deutlich besser ist.«

»Wir können ihn doch danach immer noch behandeln.«

»Nein, Eva. In der Spalte könnte es dunkel werden. Ich will nicht, dass es dann wieder schlimmer wird.«

Sie haben sich darauf geeinigt, die Behandlung zu beschleunigen, indem sie den Arm zwar kürzer, aber dafür mehrmals am Tag der Sonne aussetzen. Jetzt ist Abend, auch wenn man nichts davon merkt. Die Sonne steht an ihrem festen Platz im Süden. Hier kann man sich unmöglich verirren.

Eva joggt um das Shuttle. Ihr ist langweilig, und er kann das verstehen. An die hohe Schwerkraft hat sie sich sehr schnell angepasst, und nicht einmal das helle Licht scheint ihr noch etwas auszumachen.

»Aua!«, ruft sie.

Er sprintet sofort zu ihr.

»Was ist?«

»Ich bin aus Versehen in eines dieser Löcher getreten und habe mir den Fuß verstaucht.«

»Lass mal sehen, Eva.«

Sie setzt sich auf den Boden und hebt das Bein, damit er ihren Fuß untersuchen kann. Marchenko bewegt ihn, aber Eva klagt nicht über Schmerzen.

»Sieht gut aus«, sagt er. »Da hattest du wohl Glück.«

Dann sieht er sich um. Es scheinen mehr Löcher zu

sein als gestern. Marchenko läuft das Gelände ab, zählt sie durch und misst sie aus. Die Löcher haben unterschiedliche Durchmesser. Aber es scheint nur zwei Größen zu geben. Die einen durchmessen 8,6 Zentimeter, die anderen 11,5. Gab es gestern auch schon verschieden große Löcher? Er legt eine Karte an und speichert alle Größen.

Dunkelnacht 61, 3928, Planet Sirius A b

»WAS TUST DU DENN DA?«, fragt Eva, während sie um ihn herum im Kreis läuft.

»Ich messe.«

»Verstehe, du willst es mir nicht sagen.«

»Ich messe, Eva, ich habe es dir doch gesagt.«

»Das ist eine Nullinformation. Ich sehe selbst, dass du etwas misst. Aber wie lautet die Theorie, die du überprüfst?«

»Ich habe keine Theorie. Ich sammle bloß Daten.«

»Na gut, dann sagst du es mir eben nicht.«

Eva entfernt sich, bis das Shuttle den Blick auf sie verbirgt. Jetzt will sie ihn ärgern, denn sie weiß, dass er sich Sorgen macht, wenn sie ganz allein hier draußen unterwegs ist. Er hat geschwindelt, was die Theorie betrifft, aber sicher ist er sich erst seit ein paar Minuten. Heute sind es schon drei verschiedene Größen. Dabei hat sich keines der Löcher verändert, die es gestern schon gab. Es sind aber neue Löcher hinzugekommen, die 8,6, 11,5 und 14,2 Zentimeter durchmessen.

Das kann kein Zufall sein. Francescas Theorie, es

handle sich um chemische Reaktionen, dürfte auch nicht mehr haltbar sein. Warum sollten dabei stets Löcher bestimmter Größe entstehen? Nein, sie haben wirklich Besucher, und zwar bisher drei an der Zahl. Das sieht man nicht nur am Durchmesser der Löcher, sondern auch an der Steigung der Spiralstruktur, die an einen Bohrer erinnert. Zu jeder Lochgröße passt genau ein Wert der Steigung. Unter ihnen im Boden muss es mindestens drei Lebewesen geben, die sich immer wieder durch die Oberfläche bohren.

Was haben sie vor? Sind sie einfach nur neugierig? Hat das erste die anderen gerufen? Marchenko denkt an den Planeten im Luhman-16-System, der ihren Frachter geschluckt hatte. Steht ihnen Ähnliches bevor? Aber der Boden unter der glasigen Schicht ist nicht weich. Selbst wenn ihr gesamter Landeplatz ein Loch wäre, würden sie um weniger als einen Meter versinken, denn tiefer sind die Löcher nicht.

Vermutlich ist das alles ein großer Zufall. Diese Dinger unter ihnen halten sie für irgendetwas anderes. Sobald sie sich sicher sind, werden sie das Weite suchen. Marchenko kniet sich hin. Gern würde er zusehen, wie so ein Loch entsteht, aber bisher hatte er nicht das Glück. Vielleicht spüren die Lebewesen seine Anwesenheit. Er muss beim nächsten Mal eine Kamera mitbringen.

Plötzlich hat er eine Idee. Er nimmt eines seiner Augen aus dem Sockel. Dann schiebt er den Arm mit dem Auge an der Spitze in das Loch direkt vor ihm. Aber was er sieht, ist nicht spektakulär. Sein Arm fährt einen runden, ziemlich gleichmäßigen Kanal entlang, der immer wieder die Richtung wechselt. Unter ihnen verläuft ein Labyrinth solcher Röhren, das anscheinend keinerlei Bewohner besitzt.

Scheinbar, korrigiert er sich.

Dunkelnacht 62, 3928, Planet Sirius A b

Auf dem Bildschirm nähert sich ein Wurm. Er füllt die Röhre komplett aus, in der er sich bewegt. In der Mitte seines kreisförmigen Querschnitts hat er ein etwa einen Zentimeter großes Loch. Daraus schiebt sich eine geteilte Zunge hervor, deren drei Teile sich auf verwirrende Weise umeinander drehen. Der Bereich rund um diesen »Mund« beult sich immer mehr aus, als würde der Wurm dort zunehmen. Das hinzukommende Material quillt nach vorn und quetscht sich gegen die Innenwand der Röhre, wo es anscheinend haften bleibt. Dann zieht der vorn klebende Teil des Wurms den Rest der Masse hinterher, und der Vorgang wiederholt sich.

»Ihhh, das ist ja ein hässliches Tier«, sagt Eva.

»Ob es ein Tier ist, wissen wir nicht«, sagt Francesca. »Es könnte auch die Wurzel einer Pflanze sein, oder ein riesiger Einzeller.«

»Nennen wir es Röhrling«, sagt Marchenko. »Damit nehmen wir nichts voraus. Es ist ja auch egal, worum es sich handelt. Viel interessanter finde ich, wie es sich bewegt.«

»Es sieht aus, als würde jemand einen Strang Zahn-pasta aus der Tube drücken«, sagt Eva.

»Du meinst also, der Röhrling schiebt sich durch den Gang?«, fragt Marchenko.

»So sieht es aus. Guck doch mal!«

Weiter quillt zähflüssige Masse aus dem Bereich rund um den Mund. Unten folgt sie der Schwerkraft, aber oben nähert sie sich zielstrebig der Decke, statt einfach nach unten zu tropfen.

»Siehst du das?«, fragt Marchenko. »Die Masse heftet sich offenbar zielgerichtet an die Innenseite der Röhre. Ich vermute, dass sie den Wurm dann hinter sich herzieht.«

»Das erscheint mir auch plausibel«, sagt Francesca.

»Wie lang wird so ein Wurm sein?«, fragt Eva.

»Das ist schwer zu sagen. Eigentlich würden wenige Zentimeter reichen«, sagt Marchenko. »Der Röhrling stülpt sich bestimmt von seinem hinteren Ende her um. Er muss bloß aus genug zäher Masse bestehen, damit immer etwas herausquellen kann. Es ist wie bei einer Socke, deren Ende man immer wieder durch den ganzen Strumpf zieht.«

»Hihi, der Angriff der Killersocken«, sagt Eva.

»Mach bloß nicht solche Scherze«, sagt Marchenko, »das bringt Unglück.«

Der Röhrling wächst optisch, weil er sich der Kamera nähert, die Marchenko in dem Gang versteckt hat. Aus unmittelbarer Nähe verzerrt sich das Bild wie bei einem Fischaugen-Objektiv. Der Röhrling scheint nicht zu bemer-ken, dass er auf ein Hindernis zusteuert, er wird jedenfalls nicht langsamer. Dann treffen die drei Zungen auf die Linse. Sie ziehen sich blitzschnell zurück und verschwinden im Inneren des Röhrlings, der nun seine Bewegung einstellt.

»Jetzt weiß er nicht mehr weiter«, sagt Eva.

»Abwarten«, sagt Marchenko.

Sie müssen etwa eine Minute auf die Entscheidung des Röhrlings warten. Die dreigeteilte Zunge schiebt sich wieder langsam aus seinem quellenden Körper. Aber diesmal drehen sich die drei Teile nicht wild umeinander, sondern bilden einen schnell rotierenden Stachel, der auf die Kameralinse zufährt. Sie fängt noch ein rotbraunes Glitzern auf, dann wird das Bild unscharf und verschwindet schließlich ganz.

»Die Kamera sendet nicht mehr«, sagt Francesca.

»Das Ding hat sich einfach durch sie hindurchgebohrt«, sagt Eva.

Marchenko lässt die Aufnahme zurückspulen. Da, das rötliche Funkeln! Er hält den Film an und vergrößert den Ausschnitt. Das Bild ist leicht unscharf, aber an der Außenseite des rotierenden Stachels sind rötliche Körner zu erkennen.

»Was seht ihr da?«, fragt er.

»Eine kluge Strategie der Natur«, sagt Eva. »Der Röhrling hat seine Bohrzunge mit Metallteilchen besetzt, um damit besser bohren zu können.«

»Leider können wir den Mechanismus nicht in Aktion beobachten«, sagt Francesca, »aber deine Theorie klingt logisch.«

Der Röhrling scheint es in sich zu haben. Gut, dass der Gang leer war, als er gestern sein Auge zum Nachsehen verwendet hat.

Dunkelnacht 63, 3928, Planet Sirius A b

DIE SONNE BRENNT wie jeden Tag. Marchenko dreht im Gehtempo seine Runden um das gelandete Shuttle, während Eva in größerem Abstand joggt. Sie ist wirklich ein Phänomen. Die hohe Schwerkraft scheint ihr längst nichts mehr auszumachen; beim Aussteigen über die Leiter hält sie sich nur mit einer Hand fest. Er weiß noch, wie sie am ersten Tag beinahe abgestürzt wäre. Ob diese schnelle Adaption auch von einer Genmanipulation des Schöpfers ermöglicht wird?

Marchenko stolpert, fängt sich aber problemlos. Schon wieder ein neues Loch in unmittelbarer Nähe zum Shuttle. Allmählich verliert er den Überblick, aber mindestens sieben Röhrlinge müssen inzwischen hier unterwegs sein. Bisher hat noch keiner bei seinen Bohrarbeiten das Shuttle getroffen, doch das wird wohl auf Dauer nicht ausbleiben. Eigentlich würde er das Ergebnis sogar gern sehen. Ob das harte Metall der Landebeine den Bohrzungen widerstehen könnte? Außerirdisches Leben gegen Grosnopf-Technik, das wäre ein interessantes Duell.

Andererseits ist er überhaupt nicht sicher, wie es

ausginge. Würden die Röhrlinge etwa den Treibstofftank anbohren, könnte sie das dazu verurteilen, den Rest ihres Lebens hier zu verbringen. Oder würde das Allwissen vielleicht Hilfe schicken? Sicher nicht, wenn Eva noch von dem Ausschlag befallen ist. In dieser Frage lässt das Allwissen keine Diskussion zu. Sie haben es heute Morgen erst wieder versucht.

»Ich bin geschafft«, sagt Eva.

Marchenko dreht sich ruckartig um. Er hat sie gar nicht kommen hören.

»Zeig mal deinen Arm«, sagt er.

Sie hält ihm den linken Arm hin. Er ist schon fast komplett eingepackt, nur ein etwa drei mal sieben Zentimeter großer Bereich am Oberarm ist noch vom Ausschlag bedeckt.

»Sieht doch gut aus«, sagt er.

»Dann können wir ja bald zur Spalte fliegen«, sagt Eva. »Hier ist es todlangweilig.«

»Sag das mal Francesca. Auf mich hört sie ja nicht.«

»Es ist ihre Programmierung«, sagt Eva. »Sie kann nichts dafür.«

»Wenn es nach Francesca geht, warten wir hier noch zwei Wochen.«

»Du bist der Chef, oder? Francesca muss deine Befehle ausführen.«

»Aber sie hat recht. Wir müssen sichergehen, dass du auskuriert bist. Sie ist mein schlechtes Gewissen.«

»Ach, Mann. Könnt ihr nicht etwas lockerer sein? Ihr tut ja so, als wäre ich der größte Schatz des Universums.«

»Das bist du ja auch.«

»Es gibt fast zehn Milliarden von meiner Sorte. Du dagegen bist wirklich einzigartig, Marchenko.«

Er lacht. »Aber du ...«

»Ich weiß schon, wie du es meinst. Trotzdem würde ich lieber heute als morgen zu der Spalte starten.«

»Überzeuge Francesca davon!«

»Sieh dich doch mal hier um! Die Löcher kommen dem Shuttle immer näher. Irgendwann ...«

»Das ist mir auch schon aufgefallen. Ich werde mir das mal systematisch ansehen. Und nun lass uns reingehen.«

»Also, das hier ist der Umkreis des Shuttles«, erklärt Marchenko und deutet auf den Bildschirm. »Das sind etwa 50 Meter Radius. Und nun seht euch mal die Dichte der Löcher an.«

Auf dem Schirm erscheinen zahlreiche bunte Punkte. Zunächst leuchten die meisten in der Peripherie auf, doch dann verlagert sich das Geschehen stärker ins Zentrum.

»Ich verstehe, was du sagen willst«, sagt Francesca.

»Ja, wir sollten unseren Aufenthalt hier so bald wie möglich beenden«, sagt Marchenko.

»Nun, selbst wenn ich das Auftauchen neuer Löcher sehr optimistisch extrapoliere, kann ich keine Gefahr erkennen, die es gerechtfertigt erscheinen ließe, Evas Behandlung zu früh abzubrechen.«

»Siehst du denn den eindeutigen Trend nicht, Francesca?«

»Doch, den gibt es. Aber das Risiko, dass das Shuttle in den nächsten zwei Wochen kritisch beschädigt wird, liegt unter 0,1 Prozent. Die Löcher sind eben nicht besonders groß.«

»Zwei Wochen?«, fragt Eva. »Du willst noch zwei Wochen hierbleiben?«

»Das ist der Zeitraum, den auch das Allwissen als sinnvoll betrachtet«, sagt Francesca.

»Ich kann ja mal mit ihm reden«, sagt Eva.

»Natürlich kannst du das, aber ich würde mir keine allzu großen Hoffnungen machen. Ich habe die Haltung des Allwissens sehr optimistisch wiedergegeben. Tatsächlich will es frühestens nach dem Ablauf weiterer zwei Wochen überlegen, ob du innerhalb eines abgeschlossenen Behälters wieder an Bord der Majestätischen Dracht zurückkehren kannst.«

»Na, das sind ja Aussichten«, sagt Eva. »Da kann ich nur hoffen, dass diese Röhrlinge ein bisschen schneller bohren.«

Dunkelnacht 64, 3928, Planet Sirius A b

PLÖTZLICH SACKT das Shuttle nach vorn. Marchenko kann sich festhalten, aber Eva schläft gerade. Er rennt zu ihr, aber ihr Körper ist schneller, rollt auf der anderen Seite von der Liege und stürzt zu Boden.

»Aua!«, sagt Eva. »Was war denn das?«

Langsam erhebt sie sich und tastet dabei ihren Körper ab. Ihr scheint nichts zu fehlen.

»Das Shuttle hat Schlagseite«, sagt Francesca.

»Werden wir angegriffen?«, fragt Marchenko.

»Draußen ist es ruhig. Die Außenkameras melden keinerlei Annäherung. Sieh selbst.«

Francesca schaltet den Bildschirm am Pilotensitz ein. Der Bildausschnitt wandert einmal komplett um das Shuttle. Die einzige Besonderheit ist der schräg stehende Horizont.

»Ich sehe mal nach«, sagt Marchenko.

»Es ist mitten in der Nacht«, sagt Eva.

»Äh, gebundene Rotation, das sagt dir etwas?«

Sie schlägt sich gegen die Stirn. »Natürlich, das muss

an der Uhrzeit liegen. Ich habe gerade von Zweisonne geträumt.«

»Leg dich ruhig wieder hin. Du brauchst deinen Schlaf.«

»Kommt nicht in Frage. Ich will auch sehen, was uns derart den Horizont verschoben hat. Ich ziehe mich bloß schnell an.«

Seit langem stehen sie wieder zu dritt draußen. Das Shuttle neigt sich um etwa zwanzig Grad nach Nordosten. Der Grund dafür liegt allerdings im Schatten verborgen. Marchenko leuchtet mit einem Scheinwerfer hinein, doch das Landegestell ist im Weg.

»Familienausflug«, sagt Eva und stößt Marchenko an. »Vater, Mutter, Kind.«

Sie ist geradezu ausgelassen. Das muss die Abwechslung sein, die sie sich gewünscht hat. Francesca bückt sich und robbt unter das Landegestell. Eva will ihr folgen, doch Marchenko hält sie zurück.

»Es könnte instabil sein«, sagt er. »Wenn das Shuttle plötzlich noch weiter absackt, zerquetscht es dir den Helm wie ein rohes Ei.«

»Es wird schon nichts passieren«, sagt Eva.

»Du bleibst hier!«

Eva bewegt den Fuß auf der glasigen Oberfläche, als würde sie Kieselsteine wegkicken. Hier gibt es aber keine Kiesel. Plötzlich knackt es im Landegestell metallisch, und das Shuttle kippt um weitere zehn Grad zur Seite.

»Francesca!«, ruft Eva.

Sie hören einen hohen Ton, wie ihn Metall abgibt, das unter physischer Spannung steht. Man könnte fast annehmen, das Shuttle selbst müsse leiden.

»Alles klar da unten?«, fragt Marchenko.

Francesca zappelt mit den Beinen.

»Ich habe das Problem schon gefunden«, sagt sie dann. »Ziehst du mich mal zurück? Das Shuttle scheint es sich auf mir bequem machen zu wollen.«

Marchenko greift nach ihren metallenen Füßen. Er stemmt sich mit aller Kraft gegen den Boden und zieht an Francesca. Langsam rutscht ihr Körper nach vorn, während eine Mischung aus kratzendem und kreischendem Geräusch zu hören ist. Als ihr Kopf frei ist, rutscht das Shuttle noch ein paar Grad ab. Danach richtet sich Francesca wieder auf und klopft etwas Staub vom Körper. Ihr Bauch ist deutlich eingedellt, und ihr Kopf hat ein paar hässliche Kratzer.

»Wie sehe ich aus?«, fragt sie.

Marchenko überspielt ihr die Aufnahmen seiner Kamera per Funk.

»Oh, danke«, sagt sie. »Nichts, was man nicht mit einem Holzhammer richten könnte.«

»Stell dir mal vor, Eva, du hättest darunter gelegen«, sagt Marchenko.

»Ja, Herr Oberlehrer.«

»Wollt ihr wissen, was das Shuttle hat absinken lassen?«, fragt Francesca.

»Ein paar Löcher dicht nebeneinander?«, rät Marchenko.

»Falsch.«

»Ein Röhrling hat das Landegestell beschädigt?«, fragt Eva.

»Auch falsch. Na gut, ich verrate es euch. Ein neues Bohrloch ist schuld.«

»Ein einziges Loch?«, fragt Marchenko. »Befindet es sich an einer besonders ungünstigen Stelle?«

»Nein. Es ist einfach nur besonders groß.«

»Wie groß?«

»Zwei Meter Durchmesser. Ein ganzer Teil des Landegestells ist hineingerutscht. Es ist etwa drei Meter tief.«

»Wie bitte? Du scherzt!«, sagt Marchenko.

»Diese Fähigkeit besitze ich leider nicht.«

»Aber dann muss der Röhrling ja auch etwa zwei Meter Durchmesser haben.«

»Mindestens«, sagt Francesca. »Eher noch etwas mehr. Der Bohrapparat ist zumindest bei der uns bekannten Art deutlich kleiner als der gesamte Durchmesser des Wesens.«

»Unter uns kriechen also zwei Meter dicke und zehn Meter lange Würmer herum«, sagt Eva.

Sie klingt dabei gar nicht ängstlich, eher erfreut. Marchenko ahnt schon, warum.

»Wir sollten vermeiden, ihnen zu begegnen«, sagt er.

»Das Risiko dafür dürfte sehr gering sein, wenn wir uns von ihren Gängen fernhalten«, sagt Francesca.

»Du hast recht, Francesca«, sagt Eva. »Diese Riesenröhrlinge müssen ja zwei Meter hohe Gänge bauen. Die sollten wir unbedingt erforschen. Wer weiß, wohin sie uns führen?«

»In ihr Nest?«, schlägt Marchenko vor. »Ich wollte schon immer mal der Riesenröhrlingsmutter einen Guten Morgen wünschen.«

»Wir wissen doch gar nicht, ob sie sich geschlechtlich vermehren«, sagt Francesca.

»Das war ein Scherz. Er soll ausdrücken, dass eine Wanderung in den Gängen der Riesenröhrlinge auf keinen Fall in Frage kommt.«

»Gut«, sagt Francesca. »Es ist nämlich unwahrscheinlich, dass diese Gänge stets in einer begehbaren Neigung verlaufen. Wir müssen mit senkrechten Stellen rechnen.«

»Und natürlich damit, diesen Viechern zu begegnen«, sagt Marchenko.

»Ihr haltet sie also für gefährlich?«, fragt Eva.

»Sie könnten durchaus eine Bedrohung darstellen«, sagt Francesca.

»Ihr Bewegungstempo scheint mir zwar gering zu sein, doch der Bohrapparat ist zweifellos in der Lage, auch Raumanzüge oder die Außenwand des Shuttles zu durchdringen«, sagt Marchenko.

»Wir haben ja nun offensichtlich ihre Aufmerksamkeit«, sagt Eva. »Wäre es dann nicht sicherer, unseren Standort zu verlegen?«

»Ich muss dir zustimmen«, sagt Francesca. »Wir sollten uns ein paar Kilometer von hier entfernen.«

»Aber wenn wir schon fliegen, könnten wir doch gleich bis zur Spalte ...«

»Du hast recht, Eva. Das wäre aus wissenschaftlicher Sicht durchaus zu rechtfertigen«, sagt Francesca.

»Wir fliegen also in die Spalte?«

»Auf keinen Fall! Dafür wissen wir viel zu wenig. Aber wir verlegen unseren Standort an ihren Rand. Von dort aus können wir die Spalte besser erforschen. Natürlich nur, wenn Marchenko ebenfalls zustimmt.«

»Also gut«, sagt er. »Dann bereiten wir den Start vor.«

Es DAUERT NOCH bis zum Abend, das Shuttle abflugfertig zu machen. Gemeinsam mit Francesca repariert er das Landegestell notdürftig. Der Riesenröhrling hat es an einer Seite stark beschädigt. Zum Glück halten sich die Tiere während der Reparatur fern. Marchenko ist froh, als sie die Arbeiten abgeschlossen haben.

Das Shuttle hebt ab. Sie sitzen angeschnallt in ihren Sitzen.

»In zehn Metern halten«, sagt Marchenko.

Er will noch einmal die Löcher inspizieren. Es gibt noch immer nur ein großes Loch. Der Riesenröhrling scheint nicht so aktiv wie seine kleineren Geschwister zu sein, die pro Tag mehrere Löcher gebohrt haben.

»Da, siehst du das? Fünf Meter südlich vom großen Loch«, sagt Francesca.

Marchenko fokussiert die Kamera auf die Stelle. Dort hebt sich gerade der Boden.

»Ich will auch etwas sehen«, sagt Eva.

Er schaltet die Kamera auf den Schirm an ihrem Platz. Der Boden hebt sich nun immer schneller. Die Stelle durchmisst etwa zwei Meter. Sie bildet eine runde Haube, die an einen Pickel erinnert. Gleich muss der Röhrling durchbrechen.

»Da, cool!«, ruft Eva.

Aus der Spitze des Pickels bricht ein scharfes, schnell rotierendes und rötlich blitzendes Gerät. Das muss der Bohrapparat des Röhrlings sein. Das Loch vergrößert sich, Material spritzt nach allen Seiten, als würde der Pickel von innen ausgequetscht. Schließlich öffnet sich das Loch komplett. Die Sonne scheint nur wenig hinein, aber dort, wo ihre Strahlen ins Innere treffen, sieht man die zähe Masse nach oben quellen.

»Er kommt!«, ruft Eva.

Sie hat recht. Der Riesenröhrling arbeitet sich aus seinem Loch. Die Masse, aus der er besteht, breitet sich aus und formt einen Hügel. Sie läuft aber nicht so breit auseinander, wie man es aufgrund ihrer Konsistenz vermuten könnte, sondern bildet einen bestimmt sechzig Grad steilen Berg, wie er in der Natur aus losem Material geformt vorkommt. Der Bohrapparat zieht sich zurück. Für ein paar Minuten wächst bloß der Berg aus zähem Schleim, doch dann kommt aus der Mitte heraus etwas zurück. Die Zunge! Der Riesenröhrling besitzt dasselbe dreigeteilte Organ, dessen Bestandteile sich wild umeinanderdrehen. Was mag das sein? Ist es wirklich eine Art Zunge? Sie werden es nie erfahren, denn er hat nicht die Absicht, die Funktionsweise dieses Dings zu testen, das natürlich auch als Waffe eingesetzt werden könnte.

»Geh lieber auf fünfzehn Meter«, befiehlt Marchenko.

Francesca lässt das Shuttle steigen. Doch der Riesenröhrling scheint nur darauf gewartet zu haben. Ob er das unbewegte Shuttle vorher nicht bemerkt hat? Jetzt nimmt er es zur Kenntnis, und mehr als das, er will es berühren. Die Zunge schießt nach oben. Jetzt erst sehen sie, wie lang sie ist.

Francesca reagiert schneller als er und beschleunigt mit voller Kraft. Doch der Riesenröhrling ist darauf gefasst. Die Zunge schießt heran. Sie wickelt sich um das Landegestell, immer darauf bedacht, außerhalb der Reichweite des Haupttriebwerks zu bleiben. Das Shuttle wankt. Sie sind etwa zwanzig Meter hoch. Der Berg aus zäher Masse unter ihnen wächst weiter. Es sieht aus wie Eiter, der aus einer tiefen Wunde dringt. Die Masse muss schwer sein, und von einer technisch bisher unerreichten Zähigkeit, denn das Shuttle schafft es nicht, sich dem Griff zu entwinden.

»Korrekturtriebwerke links und rechts feuern«, befiehlt Marchenko.

Die beiden Korrekturdüsen liefern zwar nur wenig Schub, aber ihre Abgase sind heiß. Auf der rechten Seite müssten sie die Zunge dieses Monsters treffen.

»Na, wie findest du das?«, fragt er.

Der Riesenröhrling antwortet, indem er eine Zunge blitzschnell zu einer anderen Ecke des Landegestells wandern lässt. Damit ist sie außer Reichweite der Korrekturdüsen. Mist. Aber das Wesen hätte nicht so reagiert, wenn ihm die Hitze nichts ausgemacht hätte.

»Los, lass das Shuttle absinken«, sagt Marchenko.

»Bist du denn wahnsinnig?«, protestiert Eva. »Genau diesem Ding ins Maul?«

»Wolltest du nicht ein Date mit einem Riesenröhrling?«, fragt er.

»Welche Höhe?«, fragt Francesca.

»Drei Meter.«

Der Abgasstrahl des Haupttriebwerks ist in dieser Höhe etwa 1300 Grad Celsius heiß. Wenn das den Riesenröhrling nicht abschreckt, dann haben sie sowieso keine Chance mehr. Francesca lässt das Shuttle absacken. Eva kreischt. Sie stürzen so schnell zu Boden, dass sogar die Zunge kurz loslässt. Das ist ihre Gelegenheit.

»Start!«, sagt Marchenko.

Wenn das Haupttriebwerk ausgerechnet jetzt versagt ... Aber es funktioniert! Die heißen Gase brennen Blasen in die zähe Masse unter ihnen. Die drei Zungen zappeln wie wild, aber ohne Ziel. Das Shuttle steigt und steigt, 50 Meter, 100, 200 − und bald ist der Riesenröhrling wirklich nur noch ein Pickel auf der Haut des Planeten.

DER FLUG DAUERT NUR zehn Minuten. Francesca steuert das Shuttle über die nächstgelegene Spalte. Marchenko verfolgt die Daten, die das Radar ausgibt. Es geht wirklich tief nach unten, viel weiter, als das Licht der Sonne reicht.

»Warum machen wir nicht gleich einen Abstecher nach unten?«, fragt Eva.

Sie hat recht. Wenn sie schon mal in der Luft sind ...

»Francesca, was meinst du dazu?«, fragt er.

»Ich würde das Shuttle gern erst einmal durchchecken. Das Landegestell scheint verbogen zu sein, und das rechte Korrekturtriebwerk reagiert nicht wie gewohnt. Ich fürchte, da hat der Röhrling etwas beschädigt. Das sind keine guten Voraussetzungen für eine Expedition in unbekannte Tiefen. Und Evas Ausschlag ist auch noch nicht ganz geheilt. Wenn wir da unten in der ewigen Dunkelheit steckenbleiben, könnte er sich wieder ausbreiten.«

»Du hast recht«, sagt Marchenko. »Es wäre unverantwortlich.«

Das Shuttle schwenkt zur Seite. Das Radar findet wieder Boden unter ihren Füßen. Francesca zielt auf einen Landeplatz, der etwa 500 Meter vom Rand der Spalte entfernt ist.

»Können wir nicht wenigstens dichter an die Spalte heran?«, fragt Eva.

»Besser nicht«, sagt Francesca. »Der Rand könnte brüchig sein. Das müssen wir erst prüfen.«

Das Shuttle landet in einer leichten Schräglage. Marchenko sieht auf die Uhr. Es ist noch nicht einmal Mittag Standardzeit.

»Lass uns das Fluggerät gleich prüfen«, sagt er.

»Sehr gern«, sagt Francesca.

»Ich sehe mir dann mal den Rand der Spalte an«, sagt Eva.

»Allein? Bist du wahnsinnig? Das kommt gar nicht in Frage«, sagt Marchenko.

»Ich kann die Tests und Reparaturen auch allein ausführen«, sagt Francesca. »Seht euch ruhig ein bisschen um. Aber testet bitte die Stabilität und seid vorsichtig!«

Kurze Zeit später stehen sie draußen. Die Sonne hängt immer noch fast an derselben Stelle am Himmel. Eva trägt wieder ihren Raumanzug. Sie haben aber an der Stelle, wo sich die Reste des Ausschlags befinden, ein kleines Fenster hineingeschnitten. Bald wird Eva ganz darauf verzichten können. Aber ob sie dann auch geheilt ist? Und wenn sie als geheilt gelten darf, wird das Allwissen das dann auch akzeptieren?

»Nun komm schon!«, ruft Eva.

»Warte, ich muss dich an die Leine nehmen«, antwortet er.

Marchenko nimmt die Sicherungsleine von der Schulter und klinkt sie bei sich ein. Das andere Ende wirft er Eva zu, die es in ihren Gürtel einklinkt.

»Aber ich gehe vor«, sagt sie.

»Anders herum geht es sowieso nicht«, sagt Marchenko. »Oder glaubst du, du könntest mich halten, wenn ich stürze?«

»Hauptsache, ich kann mir die Spalte ansehen.«

Eva läuft ein Stück voraus.

»Ah, einen Moment, mir fällt etwas ein!«, ruft er.

Marchenko greift an seinen Hinterkopf und nimmt das dort befindliche Auge heraus.

»Hier, mein Auge!«, ruft er. »Wäre nett, wenn du es in die Spalte halten könntest. Aber pass bitte gut darauf auf, ich kann gerade keinen Ersatz herstellen.«

Das Auge ist drahtlos mit seinem Körper verbunden. Er wirft es Eva zu. Dummerweise vergisst er, es abzuschalten. Schnell torkelnde Bilder schießen in sein Gehirn, und ihm wird schwindlig. Endlich wird es dunkel. Eva hat das Auge gefangen und in ihre Anzugtasche gesteckt.

»Jetzt komm!«, ruft sie, und die Sicherungsleine strafft sich.

Beruhigt marschiert Marchenko in Richtung Spalte. Solange Eva gesichert ist, kann ihr nichts passieren. Sobald er den bei der Landung vom Staub befreiten Umkreis verlässt, ist der Boden von einer mindestens zehn Zentimeter dicken Staubschicht bedeckt. Etwa alle 25 Meter bleibt Marchenko stehen und springt ein paarmal. Dabei lauscht er auf Geräusche und kratzt dann den Untergrund frei, um zu prüfen, ob sich irgendwelche Risse gebildet haben. Aber der Boden ist so hart wie an ihrem letzten Landeplatz. Es gibt auch keine Röhrlingslöcher.

Nur eines fällt ihm auf: Je näher sie der Spalte kommen, desto dünner wird die Staubschicht. Vermutlich gibt es zumindest zeitweise bodennahe Luftströmungen, die den Staub direkt in die Spalte transportieren. Ein Wunder, dass sie nicht längst damit gefüllt ist. Dieser Planet scheint schon seit mehreren hundert Millionen Jahren in seinem aktuellen Zustand zu sein.

Die Sicherungsleine lockert sich. Marchenko bleibt stehen und macht einen Schritt rückwärts, um sie wieder zu straffen. Eva zieht an ihr.

»Komm doch her«, sagt sie. »Der Blick ist einzigartig.«

»Genieß ihn«, sagt Marchenko. »Und denk an mein Auge.«

»Willst du es nicht selbst sehen?« Eva hüpft ein paarmal. »Der Boden ist völlig stabil hier.«

»Wenn du mein Auge aus deiner Tasche nimmst, sehe ich es selbst. Für mich macht das keinen Unterschied.«

»Ah, natürlich.«

Eva greift in die Außentasche ihres Anzugs. Marchenko deaktiviert seine anderen Augen. Zuerst erkennt er bloß die Innenseite von Evas Handschuh, doch dann dreht sie das Auge so, dass die Landschaft vor ihm liegt. Er hat einen extremen Weitwinkelmodus eingeschaltet. Obwohl die Spalte darin schmaler aussieht, ist das Bild beeindruckend.

Der Hang fällt sehr steil ab, beinahe mit 90 Grad, und er scheint so gut wie nicht erodiert zu sein. Es gibt keinen Weg nach unten, doch er sieht eine ganze Reihe unterschiedlich großer Löcher, vermutlich von den Röhrlingen gegraben. Für die muss der Spalt ein natürliches Hindernis darstellen. Das Sonnenlicht beleuchtet die Wände bis in vielleicht 200 Meter Tiefe. Marchenko schaltet auf Infrarot um. Die Grenze zwischen Sonnenlicht und Schatten ist nun durch den harten Übergang zwischen rot und blau erkennbar. Blau steht für deutlich niedrigere Temperaturen.

Aber es wird nicht eiskalt. Offenbar gibt es einen Wärmeausgleich zwischen der Oberfläche und dem Inneren des Spalts. Selbst ganz weit unten liegen die Temperaturen noch über dem Schmelzpunkt von Wasser. Damit dürften selbst bei fehlendem Sonnenlicht die Lebensbedingungen an der Talsohle deutlich günstiger sein als hier oben. Doch bis zum Grund der Spalte reicht sein Blick nicht. Das verhindert eine Schicht aus Wolken oder Nebel in etwa 2000 Metern Tiefe. Was wird wohl danach kommen? Am liebsten würde er Eva bitten, sein Auge nach unten zu werfen. Aber das wäre dumm, weil er kein Ersatzteil besitzt. Sie müssen die Untersuchung besser vorbereiten.

»Es ist großartig, oder?«, fragt Eva.

»Absolut«, sagt er. »Wie glatt die Hänge sind! Stell dir mal vor, wie das entstanden sein muss. Irgendwas hat hier erst die Kontinente aufgerissen und dann auch noch alle Oberflächen hitzeversiegelt.«

»Ob es da unten wohl Leben gibt?«

»Möglich wäre es. Das Leben dürfte genug Zeit gehabt haben, sich an die Verhältnisse anzupassen. Und es scheint flüssiges Wasser, Sauerstoff und Energiequellen zu geben, das beweisen die Wolken.«

»Vielleicht treffen wir sogar auf vernunftbegabte Lebewesen.«

»Eher nicht. Mir scheint, das Leben ist hier noch auf einem recht niedrigen Entwicklungsstand.«

»Aber die Riesenröhrlinge ...«

»Sie sind einfach nur groß. Keine besonders ausgeklügelte Strategie der Evolution. Womöglich sind es trotzdem Einzeller. Schade, dass wir so schnell starten mussten, ich hätte gern ein kleineres Exemplar untersucht.«

»Wir müssen da hinunter, das ist doch klar?«

Marchenko zögert. Wenn er Eva nicht zustimmt, wird sie keine Ruhe mehr geben.

»Wenn wir einen sicheren Weg finden«, sagt er.

»Sicher ist doch nichts im Leben.«

»Ich weiß. Aber wir müssen nicht jedes Risiko eingehen, das uns verlockend erscheint.«

»Bla, bla, bla.«

Marchenko antwortet nicht. Es würde sowieso nichts ändern. Wäre Eva nicht dabei, hätte er das Shuttle längst in die Spalte gelenkt. Aber er ist doch für sie verantwortlich!

Dunkelnacht 65, 3928, Planet Sirius A b

»Mit dem Shuttle in die Spalte abzusteigen, das lasse ich mir noch gefallen«, sagt Francesca. »Aber ich bin strikt dagegen, dass wir im Blindflug die Wolkenschicht durchbrechen.«

»Wenn wir ganz vorsichtig sinken ...«

»Nein, Eva. Ich steuere das Shuttle. Ich weiß ziemlich genau, was es kann und was nicht. Es ist kein Hubschrauber, nur der letzte Teil der Landung erfolgt senkrecht. Wir können nicht ewig auf dem Triebwerksstrahl stehen.«

»Warum eigentlich nicht?«

»Weil wir ständig mit den Korrekturtriebwerken ausgleichen müssen. Dafür sind sie nicht gemacht.«

»Aber du hältst es für möglich, bis zur Wolkenschicht zu sinken und dann wieder durchzustarten?«, fragt Marchenko.

»Das sollte machbar sein. Aber ohne Aufenthalt dort, schnell hinein und schnell wieder heraus.«

»Ja, das meine ich. Dann könnten wir herausfinden, was sich unter den Wolken befindet, indem wir mein Auge hinablassen.«

»Ich denke, das geht nicht, weil du kein Ersatzteil hast?«, fragt Eva.

»Wir würden es an einer dünnen Leine hinunterlassen«, sagt Marchenko. »Ich habe schon eine geeignete Schnur gefunden. Sie ist 300 Meter lang. Es könnte natürlich sein, dass die Schicht dicker als 300 Meter ist, aber den Versuch wäre es wert.«

»Es ist besser als nichts«, sagt Eva.

»Jeder unnötige Start birgt natürlich ein Risiko«, sagt Francesca, »aber das scheint mir ein guter Kompromiss zu sein, der eure Neugierde befriedigen sollte und gleichzeitig unsere Sicherheit nicht allzu stark gefährdet.«

»Du bist also einverstanden?«, fragt Eva.

»Ja.«

Marchenko lächelt innerlich. Eva hat es mit ihrer Beharrlichkeit wieder einmal geschafft, Francesca zu überzeugen. Es ist nicht zwar ganz das, was sie wollte. Oder? Er würde ihr sogar zutrauen, dass sie absichtlich Maximalforderungen stellt, um ihre tatsächlichen Wünsche fast optimal umgesetzt zu bekommen.

Er hätte Francesca den Abstieg natürlich auch befehlen können, doch mittlerweile schätzt er die Vorsicht der KI.

»Aber nicht zu nah an die Spalte!«, ruft er.

Marchenko inspiziert auf Francescas Bitte hin die Triebwerke, und Eva begleitet ihn. Ihr Ausschlag ist tatsächlich fast verschwunden.

»Nein, ich vertrete mir nur ein wenig die Beine«, sagt sie.

Marchenko nickt. Der Boden rings um das Shuttle ist staubiger als gestern. Er kontrolliert das Landegestell. Auf einer Seite hat sich Staub angesammelt. Auf der anderen

Seite ist der Boden glatt. Anscheinend hat der Wind aufgefrischt und bringt frischen Staub heran. Er entfernt sich ein paar Schritte vom Shuttle. Der Staub hat richtige kleine Dünenmuster bekommen. Der Planet besitzt zwar keinen Tag-Nacht-Wechsel, aber Jahreszeiten könnte es trotzdem geben. Seine Bahn um Sirius A ist nicht kreisförmig, weil sie auch von Sirius B beeinflusst wird. Vielleicht beginnt jetzt bald die Windsaison. Er könnte sich ein Surfbrett auf Rädern bauen, ein Segel daraufsetzen und sich dann vom Wind treiben lassen.

Träume. Du sollst die Triebwerke inspizieren, Marchenko. Er betrachtet seinen Fuß. An der Vorderseite hat sich schon in der kurzen Zeit ein kleiner Haufen Sand angesammelt. Er bückt sich. Die Luftströmung scheint direkt über dem Boden am stärksten zu sein. Marchenko läuft in einem Viertelkreis um das Shuttle herum und nähert sich aus einer anderen Himmelsrichtung.

Da sieht er das Loch. Die Röhrlinge haben sie also schon wieder entdeckt. Bestimmt wird der erste Besucher nicht allein bleiben. Das heißt, mehr als drei Tage an diesem Standort bleiben ihnen nicht. Nach dem Abstieg in den Spalt sollten sie besser gleich den Landeplatz wechseln. Aber das ist ja kein Problem. Hier gibt es mehr als genug Platz. Selbst wenn sie täglich umziehen, können sie Jahrzehnte hier verbringen. Nötig wird das nicht sein – wenn er das Allwissen davon überzeugen kann, dass von Eva keine Gefahr mehr ausgeht. Jedenfalls nicht mehr Gefahr als von jedem anderen jungen, neugierigen Menschen.

Er erreicht das rechte Korrekturtriebwerk. Eine dünne Staubschicht bedeckt es, die er abwischt. Die Technik macht einen guten Eindruck. Das gilt auch für die Zuleitungen. Dort, wo die Treibstoffleitung in den Methantank mündet, sieht er einen dunklen Fleck. Das muss Feuchtigkeit sein, die an dieser Stelle kondensiert ist, obwohl doch die Luft kaum Wasser enthält. Er gibt die Beobachtung an Francesca weiter.

»Vermutlich ist die Wärmeabdichtung dort nicht mehr ganz in Ordnung«, sagt sie. »Der Tank hat in den letzten Tagen keinen Druck verloren, an ihm liegt es also nicht.«

Das ist beruhigend. Marchenko inspiziert erst das Haupttriebwerk, dann das linke Korrekturtriebwerk. Beide sind in perfektem Zustand, bis auf die deutliche Staubschicht. Auf dem Planeten scheint etwas in Bewegung zu geraten. Das ist im Grunde ein gutes Zeichen. Bewegung ist Energie, und Energie ist Leben.

»Da bin ich wieder«, sagt Eva und klopft ihm auf dem Rücken.

Er hat sie kommen hören, zuckt aber trotzdem zusammen, als wäre er überrascht.

»Na, wie sieht die Spalte heute aus?«, fragt er.

»Woher ... Ach, das war ein Trick, und ich falle auch noch darauf herein.«

»Ich habe geahnt, dass deine Neugierde dich dazu zwingen würde. Aber gestern, als du schon geschlafen hast, habe ich die Klippen extra noch auf Stabilität getestet und wusste, dass sie sicher sind.«

»Ich hätte trotzdem hineinfallen können.«

»Du bist vorsichtig genug, dich so an den Abgrund zu stellen, dass du nicht fällst.«

»Na gut, dann hast du mich eben durchschaut. Ist das Shuttle startfertig?«

»Es gibt jedenfalls keine Probleme mit der Technik. Also lass uns reingehen.«

»Du zuerst«, sagt er, als Eva vor der Schleuse stehenbleibt.

Sie klettert hoch. Er nimmt sein Auge aus dem Hinterkopf und setzt es in die primitive Halterung, die er gebastelt hat. Sie besteht aus einem Drahtkubus, der das Auge umhüllt. Er drückt ihn an der Oberseite zu und knotet dann die dünne Schnur daran. Schließlich befestigt er alles an der untersten Strebe des Landegestells. Wenn sie starten, wird sich die Schnur abrollen.

Sᴀɴꜰᴛ ʜᴇʙᴛ ᴅᴀꜱ Sʜᴜᴛᴛʟᴇ ᴀʙ. Francesca scheint seine Steuerung immer besser zu beherrschen. Marchenko schaltet gedanklich die Bilder der Außenkameras durch. Sie haben Staub aufgewirbelt, doch durch die hohe Schwerkraft legt er sich schnell. Der Horizont scheint heute besonders nah zu sein. Das Shuttle wendet, und die Eisenberge wandern zum Heck. Sie wirken heute besonders stumpf. Das Wetter scheint sich wirklich geändert zu haben.

»Die Sicht ist wohl etwas schlechter als sonst?«, fragt er.

»Das kann ich bestätigen. Es ist eine Menge Staub in der Luft«, sagt Francesca.

Über den Eisenbergen blitzt es. Die Entladung verästelt sich wie in Zeitlupe.

»Und Elektrizität«, sagt Marchenko.

»Das ist klar, wenn Staub an Staub reibt«, sagt Francesca.

»Wie hoch sind wir?«, fragt er.

»350 Meter, wie ausgemacht.«

»Gut.«

Er aktiviert die Verbindung zu seinem Auge. Es ist gen Boden gerichtet. Die Sicht ist schlecht; dort unten ist es noch deutlich staubiger als hier oben. Er schaltet auf Infrarot. In der Mitte des Bildes erscheint nun ein großer, heißer Fleck, links und rechts daneben sind zwei kleinere Flecken zu erkennen. Das Triebwerk und die Korrekturdüsen. Alles bestens. Er schaltet sein Auge wieder ab.

»Bist du zufrieden?«, fragt Francesca.

»Meine Idee funktioniert«, sagt er.

»Gut, dann bringe ich uns jetzt rein.«

DER BILDSCHIRM vor dem Pilotensitz wird dunkel. Tiefer reicht das Licht der Sonne nicht.

»Ich wechsle auf das Radar«, sagt Francesca.

»Danke«, sagt Eva.

Sie sitzt weit nach vorn gebeugt vor dem Bildschirm. Ihr Mund ist leicht geöffnet, als wollte sie jedes neue Detail geradezu aufsaugen.

»Wir sind jetzt bei minus 500 Metern«, erklärt Francesca.

»Da, seht ihr das?«, fragt Eva.

Auf dem Schirm war kurz ein bestimmt zwei Meter durchmessendes Loch in der Wand zu sehen.

»Ein Röhrlingsgang«, sagt Marchenko.

»Ich dachte, ich hätte etwas darin gesehen.«

Er geht die Aufzeichnung durch. »Nein, Eva, da war nichts.«

Sie sinken weiter. Das Radar trifft nun die Oberseite der Wolkenschicht. Francesca spiegelt die Aufnahme auf dem Bildschirm.

»Sieht wirklich seltsam aus«, sagt Eva.

Im Radar wirken die Wolken wie die Oberfläche eines Sees, in dem das Wasser kurz vor dem Kochen ist. Blasen entstehen darin und platzen an der Oberfläche. Ein unsichtbarer Kochlöffel rührt die Flüssigkeit um.

»Das ist noch anderthalb Kilometer unter uns«, sagt Francesca.

»Dann können wir ja noch hoffen, dass das Radar doch hindurchdringt«, sagt Eva.

Marchenko glaubt nicht daran. Dafür ist die Oberfläche zu scharf definiert. Aber sie haben ja noch sein Auge an der Leine. Er schaltet es kurz ein, aber sie sind noch zu weit entfernt.

»Da, wieder ein Loch«, sagt Eva.

Sie schiebt hektisch Fenster auf dem Bildschirm herum. Es gibt einfach zu viel zu beobachten. Marchenko hat den Gang ebenfalls gesehen. Er misst die Dichte der Löcher in der Spalte. Sie sinkt mit der Tiefe deutlich. Vor allem von den kleinen Exemplaren sind jetzt bei minus 1000 Metern fast keine mehr zu finden. Die Röhrlinge scheinen größtenteils ein Phänomen der Oberfläche zu sein.

»Ein Absatz«, sagt Eva.

Auf der einen Seite der Steilwand hat sich eine Stufe gebildet. Sie verläuft mit etwa zehn Prozent Steigung in die Tiefe.

»Wäre das ein möglicher Notlandeplatz?«, fragt Marchenko.

»Der Absatz ist nur drei Meter breit, das reicht nicht für das Shuttle«, sagt Francesca.

»Wir könnten darüber kurz halten, und ich springe ab«, sagt Eva.

»Kommt gar nicht in Frage«, sagt Marchenko.

»Hihi, du springst aber auch auf alles an.«

»Minus 1500 Meter«, sagt Francesca.

Jetzt wird es spannend. Das Auge hängt 300 Meter unter ihnen. Marchenko schaltet darauf um. Im Infrarot sieht die Wolkenschicht ganz anders aus als im Radar. Sie wirkt weich wie ein Kissen. Aber die aufsteigenden Blasen sind auch im Infrarot zu sehen. Sie müssen aus im

Vergleich zur Umgebung wärmerer Luft bestehen. Aber woher kommen sie?

»Minus 1300.«

»Ich will auch etwas sehen«, sagt Eva.

Marchenko kopiert auf ihren Bildschirm, was sein Auge erblickt. Auf dem Radarbild scheint es gerade in die Flüssigkeit einzutauchen. Im Infrarot hingegen ist nichts von einem Phasenübergang zu bemerken. Leider besitzt das Auge keine anderen Sensoren. Ob sich wohl der Druck merklich ändert? Er erhöht den Kontrast. Jetzt ziehen regelmäßig Blasen an dem Auge vorbei. Wenn er die aktuelle Sinkgeschwindgkeit abzieht, müssen sich die Blasen mit etwa 30 Kilometern pro Stunde bewegen.

Er vergrößert die Auflösung bis zum Maximum, aber der Boden der Spalte ist nicht zu erkennen. Alles, was er sieht, ist ein Wärme-Gradient, der sich bestimmt noch mehrere hundert Meter fortsetzt. Ein Ruck geht durch das Schiff. Francesca hat den Sinkflug gestoppt. Schade, tiefer kommen sie nicht. Er könnte sein Auge abwerfen ... Aber nein, die Verbindung zu ihm würde sowieso nach ein paar hundert Metern abreißen.

»Noch ein bisschen in die Wolken hinein?«, fragt Eva.

Am liebsten würde er ihr zustimmen. Wäre sie nicht an Bord ... Nein, sie dürfen keine unnötigen Risiken eingehen. Sie nur wegen seiner Neugierde zu verlieren, wäre der Gipfel der Dummheit.

»Danke, Francesca, das genügt«, sagt er. »Mehr werden wir wohl nicht erfahren.«

Eva protestiert nicht.

»Wir könnten eine Funk-Drohne bauen und in den Spalt hineinschicken«, bietet er an.

Eva sagt nichts. Sie will ihn emotional erpressen, indem sie die beleidigte Leberwurst spielt. Aber so nicht. Das Shuttle setzt sich wieder in Bewegung. Sein Haupttriebwerk zeichnet ein Muster in das Radarbild der Oberfläche. Es sieht aus, als würde jemand eine ganze Reihe von Steinen hineinwerfen, immer schneller hintereinander.

Beim Aufstieg sagt niemand etwas. Marchenko analysiert die Bilder seines Auges. Wenn er bestimmte Wellenlängen herausrechnet und andere verstärkt, erhält er etwas, das man mit einer Flusslandschaft vergleichen könnte. Aber das kann Zufall sein, ein Artefakt. Er bräuchte mehr Beobachtungszeit.

Plötzlich stößt etwas gegen das Shuttle. Eva quietscht vor Schreck. Francesca steuert gegen.

»Was war das?«, fragt er.

»Wind«, sagt Francesca.

Marchenko schaltet auf die Außenkameras. Wind? Francesca untertreibt mächtig. Es stürmt geradezu. Das Wetter hat wirklich umgeschlagen. Sirius A ist am Himmel nur noch als heller Fleck zu erkennen. Die Luft ist voller Staub. Immer wieder blitzt es.

»Bekommst du das in den Griff, Francesca?«

»Ich weiß nicht.«

»Du weißt es nicht?«

»Ich habe das Shuttle noch nie unter solchen Verhältnissen geflogen.«

Marchenko wechselt zu der Kamera, die den Himmel über ihnen zeigt. Er ist fast violett. Plötzlich wird das Bild schwarz.

»Kameraausfall oben«, sagt er.

»Bestätigt«, sagt Francesca. »Wir haben gerade eine Antenne eingebüßt.«

»Was ist da los?«, fragt Marchenko.

»Ein Sturm, und dazu die Zusammensetzung des Staubs.«

»Was ist mit dem Staub?«

»Er besteht zur Hälfte aus Eisenspänen. Sie polieren das Shuttle.«

»Optionen?«

»Alles hängt davon ab, wie lange der Sturm anhält. An der Oberfläche hält das Shuttle vielleicht noch 30 Minuten durch.«

»Und wenn du uns rauf in den Orbit bringst, Francesca? Dann könnten wir die Dracht rufen. Das ist ein Notfall, das Allwissen muss uns helfen.«

»Das dauert länger als eine halbe Stunde, und die ganze Atmosphäre scheint in Bewegung zu sein.«

»Was empfiehlst du?«

»Unter diesen Umständen scheint ein Abstieg in die Spalte die sicherste Variante zu sein.«

»Wie sicher?«

»Unbekannt. Dafür wissen wir zu wenig über die Spalte.«

»Und wenn wir an der Oberfläche ausharren?«

»Wird uns der Sturm zu 90 Prozent umbringen.«

»Danke, Francesca, das erleichtert die Entscheidung. Dann sterben wir doch lieber in der Spalte.«

»Prima! Das ist die richtige Einstellung«, sagt Francesca.

KAUM SIND sie um hundert Meter in die Spalte eingedrungen, wird die Atmosphäre schon wieder ganz ruhig.

»Können wir nicht hierbleiben und abwarten, bis der Sturm vorübergezogen ist?«, fragt Marchenko.

»Damit überlasten wir die Korrekturtriebwerke, und irgendwann geht uns der Treibstoff aus«, sagt Francesca.

Eine bessere Idee hat Marchenko auch nicht, also sinken sie weiter. Sie passieren den Absatz, den sie zuvor schon bemerkt hatten.

»Die Stufe hilft uns wohl auch nicht, oder?«

»Nein, Marchenko«, sagt Francesca. »Immer noch zu schmal.«

»Wir könnten ...«, sagt Eva.

»Was könnten wir?«

»Nichts, Marchenko. Es war eine dumme Idee. Ich dachte kurz daran, dass wir ja irgendwie senkrecht aufsetzen könnten, sodass wir eine kleinere Grundfläche brauchen.«

»Das dürfte kaum realisierbar sein«, sagt Marchenko.

»Ja, ich weiß«, sagt Eva.

Dann taucht Marchenkos Auge wieder in die Wolkenschicht ein. Er hatte es schon fast vergessen. Die Bilder gleichen sich. Hier unten zeigt der Sturm keinerlei Wirkung. Das Shuttle sinkt weiter. Was hat Francesca vor? Gibt es denn eine Alternative? Er fragt gar nicht erst, denn im Moment kommt nur eine Richtung in Frage: nach unten.

SIE TAUCHEN in die Wolkenschicht ein. Das Shuttle schaukelt ein wenig, doch dann stabilisiert es sich wieder.

»Ich musste nur ein paar Druckschwankungen ausgleichen«, sagt Francesca.

Marchenko schaltet sein Auge auf Infrarot. Eva hängt über dem Bildschirm, der die Daten des Radars zeigt. Weder das Auge noch das Radar sehen irgendetwas, das an ein Ende ihrer Reise denken lässt. Der Spalt verengt sich zwar weiter, aber der Boden muss noch weit weg sein. Dabei befinden sie sich schon in mehr als 2,5 Kilometern Tiefe! Und wenn der Spalt wirklich bis zum Mantel des Planeten reicht? Das könnten 20 oder 30 Kilometer sein. Oder noch mehr; der Planet Francesca ist ja deutlich größer als die Erde.

»Der Luftdruck steigt«, sagt Francesca. »Die Temperatur stabilisiert sich bei vier Grad Celsius.«

Das ist der Punkt, an dem Wasser sein geringstes Volumen hat. Zufall? Was erwartet sie bloß da unten? Wenn sie Pech haben, stoßen sie auf Magma. Der Planet wird von seinem Stern ordentlich durchgeknetet. Dabei entsteht jede Menge Wärme. Aber die Temperatur kann auch nicht allzu stark zunehmen, sonst wäre der Kern des Planeten noch geschmolzen. Aber er muss vor langer Zeit schon abgekühlt sein. Sonst müsste es hier unten längst deutlich wärmer sein.

Sein Auge meldet sich. Es muss etwas bemerkt haben. Er holt das Bild an die Oberfläche. Ganz weit unter ihnen sind Strukturen zu erkennen, die an rötliche Eier erinnern. Sie kommen ihnen entgegen.

»Das Radar meldet Kugeln, die zu uns aufsteigen«, sagt Francesca.

Könnten sie etwas mit den Blasen zu tun haben, die ihm vorhin aufgefallen sind?

»Im Infrarot ähneln sie roten Eiern«, sagt er. »Sie müssen also wärmer sein als die Umgebung.«

»Vermutlich steigen sie deshalb nach oben«, sagt Eva. »Durch die Wärme dehnen sie sich aus, ihre Verdrängung nimmt zu und sie schwimmen auf.«

»Es könnte Zufall sein, aber sie kommen genau auf uns zu«, sagt Francesca.

Marchenko prüft das im Infrarot. Es stimmt, nur dort, wo sie zu Boden sinken, sind die Eier aufgestiegen. Sind sie es, die sie anziehen? Es könnte sich um primitive Lebewesen handeln, die wie Motten das Licht suchen. Das Triebwerk des Shuttles erzeugt jede Menge Licht und noch mehr Wärme. Für Wesen, die nach Energie dürsten, müssen sie das ideale Ziel sein.

»Wir locken sie an«, sagt er. »Kannst du das Triebwerk kurz abschalten?«

»Ganz kurz. Bei drei. Eins, zwei, drei.«

Das Shuttle fällt. Marchenko verfolgt die Eier. Sie verändern ihre Geschwindigkeit nicht.

»Abfangen!«, ruft er.

Im selben Moment schaltet sich das Triebwerk wieder an.

»Danke für den Versuch«, sagt er, »aber diese Eier lassen sich davon nicht ablenken.«

»Eva, ich empfehle dir, den Raumanzug zu schließen und den Helm aufzusetzen«, sagt Francesca.

»Aber sie sehen nicht gefährlich aus.«

»Trotzdem. Bitte.«

»Okay.«

Eva steht auf, holt ihren Helm und folgt Francescas Bitte.

»Noch etwa 600 Meter«, sagt Marchenko.

Langsam bekommen die Eier Struktur. Sie müssen eine sehr dünne Oberfläche haben, denn diese vibriert immerfort in schnellem Tempo. Seifenblasen, genau, so sehen riesige Seifenblasen aus. Dann müssen sie sich ja keine Sorgen machen.

»Wie Seifenblasen«, sagt er.

»Wie Seifenblasen sehen sie im Radar nicht aus«, sagt Francesca. »Da wirken sie sehr solide. Ich gehe eher davon aus, dass es sich um einen Beschuss handelt. Irgendwer will uns gezielt herunterholen.«

»Aber wir kommen doch ganz freiwillig nach unten«,

sagt Eva. »Merken die das nicht?«

»Vielleicht wollen sie uns nicht nur unten haben, sondern wir sollen auch in einem Zustand ankommen, der Gegenwehr ausschließt.«

»Ach komm, Francesca, das sind menschliche Maßstäbe«, sagt Marchenko. »Wir sollten uns hüten, da ...«

»Bodenkontakt! Bodenkontakt!«, ruft Eva.

Tatsache. Das Radar wird von einer festen Schicht reflektiert. Marchenko misst den Bereich sofort aus. Er sollte für eine Landung ausreichen.

»Bereite Landung vor«, sagt Francesca. »Kontakt mit den Blasen in 15 Sekunden.«

Die Blasen hatte er schon fast wieder vergessen. Im Infrarot sieht er sie mit zitternder Außenhaut heranwackeln. Sie müssen etwa so groß sein wie ein Afrikanischer Elefant.

»Zehn«, sagt Francesca.

Jetzt ist der Boden auch im Infrarot erkennbar. Er scheint aus lauter zylinderförmigen Strukturen zu bestehen, die in die Höhe ragen.

»Fünf.«

Mist. Zwischen den Strukturen ist nicht genug Platz zum Landen. Sie werden einige der Blasen zerstören. Hoffentlich nimmt ihnen das niemand übel.

»Kontakt«, sagt Francesca.

Es ist nichts zu spüren. Dachte er es sich doch. Die Blasen sind an der Außenhaut des Shuttles zerplatzt. Kein Grund zur Sorge.

Doch dann setzt das Haupttriebwerk aus. Marchenko spürt die Schwerelosigkeit des freien Falls.

»Status, Francesca?«, fragt er.

Eva schnallt sich bereits an. Etwas Besseres kann sie nicht tun.

»Das Triebwerk reagiert nicht mehr auf meine Befehle«, sagt Francesca.

»Alle Triebwerke?«, fragt Marchenko.

»Korrekturdüsen arbeiten noch. Versuche, damit dagegenzuhalten, aber sie sind nicht stark genug, um unseren Absturz zu verhindern.«

Marchenko krallt sich fest. Wenn er bloß Eva vor dem Aufschlag schützen könnte! Sein Auge rast immer schneller in die Tiefe. Die runden Strukturen kommen näher. Gleich schlägt sein Auge in einer davon auf. So einen Aufprall wird es wohl nicht überstehen! Aber die Verbindung bricht nicht zusammen. Das Bild wird grau, aber nicht schwarz. Es sind keinerlei Details mehr zu erkennen. Die runden Strukturen müssen weich sein. Sie haben sein Auge wohl sanft gebremst.

»Achtung, Aufschlag!«, sagt Francesca.

Das Shuttle ächzt, als hätte es extreme Schmerzen. Eine mächtige Kraft greift zuerst nach dem Bug. Das Heck kippt noch ein Stück weiter. Für einen Moment stehen sie schräg, dann dreht sich das Shuttle um seine Längsachse. Links und rechts von ihm sind grässliche Geräusche zu hören, Metall, das kreischend reißt, Gas, das unterdrückt zischt, und ein tiefes Schmatzen, das er überhaupt nicht zuordnen kann und am ehesten zu einer Axt gehört, die tief in lebendes Fleisch fährt.

Dann wird es still. Das Shuttle ruht in einem 45-Grad-Winkel. Hinter ihm zischt etwas. Marchenko löst seinen Griff, aber sein linker Lastarm ist zwischen der Außenhaut und Evas Schlafbehälter eingequetscht. Sie hatten gewaltiges Glück. Ein riesiger Daumen hat den hinteren Teil des Shuttles eingedrückt. Die Schlafkapsel hat als Barriere gewirkt und den vorderen Teil geschützt. Trotzdem hängt die Außenwand nur noch zwanzig Zentimeter über Eva, die auf ihrem Sessel liegt und sich nicht rührt.

»Eva?«

Francesca steht schon neben ihr und schüttelt sie an der Schulter.

»Eva, du musst atmen!«

Marchenko hört, wie seine Tochter stöhnt und dann die Luft tief einzieht. Sie lebt!

»Ich dachte, ich wäre tot«, sagt sie. »Ich habe keine Luft mehr bekommen.«

Francesca tastet sie ab.

»Du bist unverletzt. Wahrscheinlich hast du einfach vergessen zu atmen.«

»Kann mich mal jemand befreien?«, fragt Marchenko.

»Ich komme schon«, sagt Francesca.

»DAS SHUTTLE KÖNNEN WIR VERGESSEN«, sagt Francesca.

Sie stehen auf der Außenhülle, in die sie gemeinsam ein Loch geschnitten haben. Die Schleuse befindet sich unzugänglich im hinteren, wie eine leere Blechdose zusammengedrückten Teil des Shuttles. Ihre Scheinwerfer schneiden scharfe Kanäle in die Dunkelheit, aus denen seltsame Formen auftauchen. Es stinkt nach Öl, das wohl aus irgendeinem zerstörten System des Shuttles ausläuft. Die Luft ist gut atembar. Sie enthält sogar mehr Sauerstoff als an der Oberfläche. Eva hat ihren Helm geöffnet.

»Und nun?«, fragt Eva. »Ich bin dafür, dass wir die Umgebung erforschen, wenn wir schon mal hier sind.«

»Wir müssen Hilfe holen«, sagt Marchenko. »Das ist jetzt am wichtigsten.«

»Die Antennen sind total zerstört«, sagt Francesca.

»Wir müssen sie reparieren oder neue bauen. Was ist mit dem Funkgerät?«

»Das scheint zu funktionieren, aber ohne Garantie.«

»Gut. Vorräte?«

»Wir haben genügend Lebensmittel für Eva.«

»Das ist sehr gut«, sagt Marchenko.

»Aber es sieht schlecht aus, was unsere Energieversorgung betrifft. Der Generator des Shuttles ist ausgefallen«, sagt Francesca.

»Können wir ihn reparieren?«

»Der Tank ist leckgeschlagen.«

»Daher der Gestank. Dann müssen wir anderweitig Energie gewinnen. Wenn wir alle Reserven nutzen, wie lange bleiben wir da funktionsfähig?«

»Beim aktuellen Energieverbrauch etwa zwei Standardtage.«

»Das ist wenig.«

»Wenn ich mich deaktiviere«, sagt Francesca, »und meinen Körper als Zusatzakku zur Verfügung stelle, können wir das verdoppeln. Und wenn wir alle Einrichtungen des Shuttles abschalten, gibt uns das noch einmal zwei Tage extra.«

»Okay, sechs Tage. Damit lässt sich etwas anfangen«, sagt Marchenko. »Wir müssen zuerst die Antenne reparieren. Dann können wir versuchen, Hilfe zu holen.«

Er sieht nach oben. Die Dunkelheit ist undurchdringlich, aber er weiß, dass sie mehr als fünf Kilometer tief in einer Spalte stecken, die von einer Wolkenschicht abgeschirmt wird. Ob sie mit ihrem Hilferuf durchdringen, ist eher fraglich. Sicherer wäre es wohl, er würde versuchen, nach oben zu klettern und von dort zu funken, selbst wenn sein eingebautes Funkmodul nur eine geringe Reichweite hat. Aber er will niemandem hier die Zuversicht nehmen.

»Habt ihr auch eine Aufgabe für mich?«, fragt Eva.

»Du könntest mir bei der Reparatur des Funkgeräts helfen«, sagt Marchenko.

»Du meinst, ich soll dir dabei zusehen?«

»Eva ist die einzige hier unten, die nicht akut von Energiemangel bedroht ist. Deshalb schlage ich vor, dass sie die Umgebung erkundet.«

»Danke, Francesca, das ist ein vernünftiger Vorschlag«, sagt Eva.

»Ich ...«

Marchenko bricht den Satz ab. Francesca hat natürlich recht. Sie müssen wissen, wo sie hier gelandet sind, und Eva kann das herausfinden.

»SEI VORSICHTIG!«, ruft Marchenko Eva hinterher, doch sie ist schon hinter einer der runden Strukturen verschwunden. Seine Arme zittern. Er muss sich beruhigen, sonst versagt er noch bei der Reparatur der Antenne. Eva ist alt genug. Sie hat Proviant für drei Tage, eine Ersatzlampe und ein Multifunktionsinstrument mit Navigator, der ihren Weg aufzeichnet und sie bei Bedarf zurücklotst. Auf keinen Fall wird sie verlorengehen.

Marchenko klettert auf das eingedrückte Heck des Shuttles. Die Antenne sieht aus wie ein Pilz, der von einem Truck überrollt wurde. Er kniet sich hin und schraubt das vom Dach ab, was noch übrig ist. Dann sieht er sich um, doch beim Blick nach hinten wird das Bild grau. Das Auge! Es muss hier noch irgendwo sein. Die Verbindung zu seinem Körper steht noch, sonst würde er nicht grau sehen, sondern schwarz.

Wo mag es sein? Er springt mit den Resten der Antenne in der Hand vom Dach herunter. Das Auge ist direkt in so ein rundes Objekt gestürzt. Schon direkt um das Shuttle herum stehen sieben oder acht dieser Strukturen. Er kann doch nicht jede aufschneiden!

Aber Moment. Es hatte doch an einer dünnen Schnur

gehangen. Er geht um das Shuttle herum. Ein Teil des Landegestells ragt seitlich heraus. Daran hatte er die Schnur festgemacht. Da ist der Knoten auch schon. Er hebt die Schnur auf. Jetzt muss er ihr bloß noch folgen. Nach ein paar Schritten stößt er auf eine der runden Strukturen, die der. Stamm eines dicken, astlosen Baums sein könnte. Beim Absturz hat die scharfe Schnur sie über die ganze Höhe von bestimmt zehn Meter in zwei Hälften geteilt. Er berührt sie. Das Material ist relativ weich, fast organisch. Es ist nicht so hart wie Holz, eher erinnert es ihn an den Stiel eines großen Pilzes.

Marchenko geht um das Objekt herum. An der Rückseite tritt die Schnur in Bodennähe wieder aus. Er bückt sich und hebt sie auf. Dann dreht er sich zu dem kappenlosen Pilz um, den die Schnur halbiert hat. Wenn er nun beide Enden der Schnur zusammenzieht? Marchenko versucht es. Die Schnur spannt sich, dann schneidet sie durch das Material wie durch Fruchtfleisch. Er stößt den Stamm seitlich an, und plötzlich kippt er. Marchenko macht sicherheitshalber einen Schritt zur Seite. Es kracht laut; er sieht, wie der Stamm einen anderen umwirft, der ebenfalls fällt. Der übernächste Stamm hält die Belastung aus, sodass kein Dominoeffekt entsteht.

Glück gehabt. Marchenko begutachtet die Innenseite des Stamms. Sie besteht aus einem strukturlosen Material, das überraschend trocken ist. Er hat sich eine pilzige Konsistenz vorgestellt, doch das Material erinnert ihn eher an brüchigen Polyurethanschaum. Er bricht ein paar Brocken aus der Mitte und der Seite heraus und steckt sie ein. Mal sehen, was Francesca bei der Analyse herausbekommt.

Dann greift er wieder nach der Schnur und verfolgt sie. Sie windet sich um zwei weitere Stämme herum, dann verschwindet sie in einem Haufen seltsamer, zwei bis drei

Meter großer Kugeln, von denen Wärmestrahlung ausgeht. Vorsichtig nähert er sich der ersten. Er macht den Tastarm lang und berührt sie. Nichts passiert. Er gibt ihr einen leichten Stoß, und sie hüpft und rollt in die Dunkelheit davon. Die Kugeln müssen extrem leicht sein. Trotzdem ist ihre Hülle stabil genug, sodass die Schnur sie nicht beschädigen konnte.

Er wickelt die Schnur im Stehen um seinen Finger, und langsam erhebt sie sich aus dem Kugelhaufen. Die letzten störenden Kugeln schiebt er einfach beiseite. Er hat gehofft, dass sein Auge darunter liegt, aber er hat sich zu früh gefreut. Hätte er doch die Länge der Schnur genau ausgemessen. Bisher hat er höchstens 200 Meter davon eingesammelt.

Nach der nächsten Säule biegt die Schnur etwa in die Richtung ab, aus der er gekommen ist. Jetzt dauert es bloß noch drei Minuten, bis er das Shuttle wieder erreicht. Die Schnur verschwindet hinter dem Heck. Er zieht daran, aber sie bewegt sich nicht. Sein Auge muss sich direkt unter dem abgestürzten Shuttle befinden. Er versucht, das Heck anzuheben, aber seine Kraft reicht nicht aus.

»Francesca!«, ruft er, doch sie antwortet nicht.

Erst jetzt fällt ihm ein, dass sie sich ja deaktiviert hat. Also wird er auf Eva warten müssen. Nun hat er wenigstens einen sachlichen Grund, ihre Rückkehr herbeizusehnen. Er klettert durch die von Francesca geschaffene Öffnung in das Shuttle. Das Analysegerät befindet sich zum Glück im Bug. Er schaltet es ein und lädt sich die Bedienungsanleitung herunter. Dort gehören die Proben also hinein. Er zieht eine Klappe nach vorn. Die Anleitung rät, Proben vor Kontamination zu schützen. Aber er besitzt keine sterilen Probenbehälter.

Er startet die Maschine, doch sie reagiert nicht. Natürlich, Francesca hat sie vom Netz getrennt. Ist es wirklich sinnvoll, wertvolle Energie der Analyse der hiesigen Flora zu widmen? Er verbindet die Maschine mit dem Netz. Verschiedene Lämpchen leuchten auf. Dann bestätigt ein summendes Geräusch, dass der Analysator arbeitet.

Plötzlich schallt ein lauter Gong durch das Shuttle. Was war das? Marchenko klettert schnell nach draußen. Der halbierte Stamm liegt quer über dem Bug. Ihm hat wohl allein die nötige Stabilität gefehlt. Er dreht den Stamm um. Die Masse in seinem Inneren ist jetzt nicht mehr trocken und flockig, sondern feucht, fast schleimig. Sie baut wohl sehr schnell ab. Kein Wunder, dass das Ding umgefallen ist.

Der Analysator piepst. Marchenko klettert wieder ins Innere. Er ruft die Ergebnisse elektronisch ab. Die Proben bestehen aus Kohlenstoffverbindungen. Organische Chemie, wie auf der Erde. Kohlenstoff ist einfach das flexibelste Element. Nicht alle Aminosäuren sind in der Datenbank verzeichnet. Es sind auch ungewöhnlich viele schwere Elemente in die Kohlenwasserstoffketten eingebaut: Eisen, Zink, Phosphor, Silizium. Vielleicht ist es Zufall – der sterbende Stern, der heute Sirius B ist, dürfte vor seinem Tod jede Menge dieser Elemente produziert und verteilt haben.

Der Analysator gibt dazu keine Hinweise, er sagt nur, was ist. Er liefert aber noch einen weiteren interessanten Fakt: Es ließen sich keine Zellen identifizieren. Alle Proben scheinen selbst Teil einer riesigen Zelle zu sein. Dafür spricht auch, dass das Stück, das er aus der Wand gebrochen hat, Teil einer Zellwand zu sein scheint. Das Leben hat hier unten vielleicht wirklich nie den Weg zum multizellulären Organismus angetreten – oder alle höheren Lebensformen sind bei der Katastrophe damals ausgestorben, als die Oberfläche des Planeten von der Hitze eines Roten Riesen komplett entkeimt worden war.

Und die Röhrlinge? Es ist wirklich schade, dass er nie einen von ihnen untersuchen konnte. Andererseits ist er nicht böse, dass sie es hier unten nicht auch noch mit diesen Riesenröhrlingen zu tun haben.

80 Prozent Akkukapazität. Er sollte sich jetzt wirklich um die Antenne kümmern. Aber wo hat er die Reste der defekten Antenne gelassen? Er ist damit in der Hand vom Heck gesprungen. Dann ist er der Schnur zu seinem Auge gefolgt. Er wiederholt seine Schritte. Die Antennenreste liegen dort, wo er sie abgelegt hat − an dem Stamm, den er mit der Schnur abgesägt hat. Er nimmt sie auf und trägt sie in das Shuttle. Eine Antenne ist keine komplizierte Konstruktion, aber um sie wieder sendefertig zu machen, wird er einige gute Ideen haben müssen.

Dunkelnacht 66, 3928, Planet Sirius A b

AUFWACHEN. Ein Stromstoß weckt Marchenkos Körper. Sein Bewusstsein, das auf niedrigster Stufe geträumt hat, beschleunigt auf Arbeitsgeschwindigkeit. Er weiß sofort, dass erstens 27 Stunden vergangen sind, seit er sich zum Stromsparen schlafen gelegt hat, und dass zweitens jemand den Bewegungsmelder ausgelöst hat.

Eva, es muss Eva sein. Seine Muskeln versteifen sich. Er öffnet die Augen. Ein Mensch steht vor dem Analysator und klickt sich durch die letzten Ergebnisse. Er erkennt Eva sofort.

»Du hast dir ganz schön Zeit gelassen«, sagt er.

»Huch!«

Sie dreht sich um. Evas große Augen verraten ihr Erschrecken.

»Ich bin es nur«, sagt er.

»Ich habe dich nicht gesehen, als ich hereingekommen bin«, sagt Eva. »Ich dachte, du erkundest auch ein bisschen die Umgebung.«

»Ich musste Energie sparen«, erklärt er.

»Wie lange hast du noch?«

»45 Prozent.«

»Obwohl Francesca sich deaktiviert hat?«

»Ich habe den Analysator benutzt.«

»Oh, entschuldige!«

Eva greift hektisch nach dem Schalter. Es wird komplett dunkel im Shuttle.

»Ist nicht so schlimm«, sagt er. »Ich habe es geschafft, die Antenne zu reparieren. Wir können Hilfe rufen.«

»Sehr gut«, sagt Eva. »Ich war auch sehr erfolgreich. Du wirst kaum glauben, was ich entdeckt habe!«

»Was denn?«

»Du musst mit mir mitkommen. Es ist gar nicht so weit.«

»Wenigstens ein Hinweis?«

»Ich glaube, ich weiß jetzt, wie diese Welt hier unten funktioniert. Die Ergebnisse des Analysators haben das auch bestätigt.«

»Wie meinst du das?«

»Komm einfach mit, dann wirst du es verstehen.«

EVA KANN WIRKLICH HARTNÄCKIG SEIN. Dabei ist es total unvernünftig. Besser wäre es, er würde wertvolle Energie sparen. Er hätte gleich nach der Reparatur der Antenne Hilfe holen sollen!

»Komm, da entlang«, sagt sie nach einem Blick auf ihr Multifunktionsinstrument.

»Warte! Bevor wir es vergessen, musst du mir kurz mit meinem Auge helfen.«

»Stimmt, das fehlt ja noch. Was soll ich tun?«

»Wir müssen gemeinsam das Shuttle anheben.«

Er zeigt nach hinten. Sie laufen um das Shuttle herum. Die Stämme im unmittelbaren Umkreis zeigen

Beulen. Anscheinend sind sie krank oder verenden gerade.

»Das waren wir«, sagt Eva.

Marchenko zeigt auf einen Balken am Heck. Sie stellen sich gemeinsam darunter. Er hebt die Schnur auf und spannt sie.

»Los!«, sagt er.

Gemeinsam drücken sie von unten gegen das Heck. Plötzlich löst sich die Spannung in der Schnur. Er rollt sie auf.

»Da bist du ja«, sagt er.

Er wischt den Staub ab und steckt das Auge wieder in seinen Hinterkopf. So fühlt er sich komplett.

»Dann zeig mir mal, was du gefunden hast.«

Eva hat nicht zu viel versprochen. Sie sind gerade einmal fünf Minuten unterwegs, als sie ihn bittet, den Scheinwerfer auszuschalten.

»An dieser Stelle ist gestern meine Taschenlampe kaputtgegangen«, sagt sie.

»Oh, du Arme, musstest du dann stundenlang durch die Dunkelheit irren?«

»Überhaupt nicht.«

Sie zieht ihn um einen der Stämme herum, und dann sieht er es. Das heißt, zuerst sieht er fast nichts, weil seine Augen noch auf Infrarot geschaltet sind. Er wechselt in den Bereich des sichtbaren Lichts – und macht einen Schritt nach hinten. Dabei stößt er mit dem Rücken gegen einen Stamm.

»Vorsicht!«, sagt Eva. »Sie sind sehr empfindlich.«

Marchenko nickt. Vor ihm befindet sich ein Zauberwald. Die Stämme sind mit blau und grün leuchtenden

Girlanden behängt, die sich um sie herum in die Höhe winden und dabei pulsieren. Was aber besonders beeindruckend ist, ist ihr Rhythmus. Einmal in der Sekunde schwillt ihr Leuchten an und verblasst wieder. Es ist der Rhythmus des menschlichen Atems. Marchenko nutzt ihn seit vielen Jahren nicht mehr, und doch ist er ihm noch vertraut.

»Wahnsinn, was?«, fragt Eva.

»Wirklich beeindruckend.«

»Da hinten, wo wir gelandet sind, sind sie beschädigt. Oder krank. Ich weiß nicht, ob das ein Unterschied ist.«

»Verstehe. Du sagtest auch, du wüsstest, wie sie funktionieren?«

»Ja, komm mal ganz nah heran, aber berühre sie nicht. Siehst du die winzigen Windmühlen auf der Oberfläche?«

Marchenko fokussiert den Blick. Tatsächlich, da sind dreigeteilte Blätter, die sich umeinander drehen. Sie erinnern ihn an das Bohrorgan der Röhrlinge.

»Sie drehen sich in der Luftströmung. Ihre Wurzeln reichen bis tief in den Stamm, und durch die Drehung erzeugen sie die elektrische Energie, die sie für die Beleuchtung brauchen.«

»Und wozu dient die Beleuchtung?«

»Ich weiß nicht. Muss denn immer alles für etwas da sein?«

Eva weiß doch noch nicht alles. Aber er beschwert sich nicht. Vielleicht hat sie ja auch recht. Die Glühketten sind wunderschön.

»Die Energie speichern sie in dem Material, das den Stamm ausfüllt«, sagt Eva.

»Darum sind da auch so viele schwere Elemente enthalten. Die Verbindungen bilden sicher Anoden und Kathoden einer primitiven Batterie.«

»So primitiv sind sie gar nicht. Die Speicherdichte ist bestimmt halb so groß wie bei den industriell hergestellten

Akkus der Grosnopfe. Ich habe mit dem Multifunktionsinstrument gemessen, wie schnell sie Strom liefern. Das ist dann auch der traurige Teil.«

»Wieso traurig?«, fragt Marchenko.

»Weil wir die Energie abzapfen können. Damit könntet ihr eure Akkus füllen. Aber leider sterben die Gewächse dabei. Sie vertragen keinerlei Berührung.«

»Oh. Aber wenn wir mit Hilfe der Antenne um Hilfe rufen wollen, brauchen wir jede Menge Energie.«

»Das habe ich befürchtet.«

»Hast du eine bessere Idee, Eva?«

»Leider nicht.«

Sie erreichen das Shuttle schweigend. Es ist wirklich schade, dass sie nicht unter anderen Umständen hierhergefunden haben. Aber die Katastrophe war notwendig, freiwillig wären sie nie in den Spalt abgetaucht. Sie klettern durch die Öffnung von oben in das Shuttle. Es wird nie wieder fliegen, das ist klar. Also brauchen sie die Antenne, und das bedeutet, dass sie Energie ernten werden müssen.

»Ich teste jetzt das Funkgerät«, sagt Marchenko.

»Warum hast du damit gewartet?«

»Ich wollte erst sicher sein, dass ich meine restliche Energie nicht brauche, um nach dir zu suchen.«

»Du scheinst ja wirklich nur ein Minimum an Vertrauen in mich zu haben.«

»Das hätte Francesca bestimmt auch gesagt. Sie ist zwar darauf programmiert, auf euch aufzupassen, aber sie scheint eure Fähigkeiten ganz realistisch einzuschätzen. Darum traut sie dir auch vieles zu.«

»Du nicht?«

»Doch, aber ... Ich habe immer noch Angst. Am Ende

geht es mir noch wie den anderen Marchenkos. Wir haben noch kein Messenger-Schiff gefunden, bei dem alles so glattging wie bei uns.«

»Glatt, nun ja, das eine oder andere Problem hatten wir schon, Marchenko.«

»Ich weiß. Gerade deshalb. Wir hatten verdammtes Glück, und ich fürchte immer, dass es irgendwann damit vorbeisein könnte.«

»Wir hatten kein Glück. Na gut, es war jede Menge Glück. Aber wir haben auch viel richtig gemacht, wenn es darauf ankam. Den richtigen Leuten vertraut, denk an Gronar.«

Eva legt ihm die Hand auf die Schulter. Er sieht es, aber er spürt es nicht. Sein Körper ist praktisch unsterblich, aber manchmal würde er ihn gern wieder gegen einen menschlichen eintauschen.

»Wo steht dein Akku?«, fragt Eva.

»Bei 25 Prozent«, antwortet er.

»Und wenn du das Funkgerät und die Antenne benutzt?«

»Pro Stunde minus 5 Prozent, schätze ich. Bei niedrigem Akkustand wird die Prognose schnell ungenau.«

»Ich bin saumüde und würde mich gern für ein paar Stunden hinlegen. Kannst du den Funk nicht eine Weile laufen lassen und ihn dann ausschalten?«

»Das werde ich. Leg dich hin und schlaf. Bis morgen früh!«

Eva winkt ihm zu. Sie wäscht sich ausgiebig, dann legt sie sich auf ihren Sitz, im weiten Umkreis wohl der bequemste Schlafplatz hier. Marchenko startet das Funkgerät.

»SOS. Marchenko hier«, sagt er ins Mikrofon. »Wir sind abgestürzt und brauchen Hilfe. SOS.«

Er fügt noch ihre Koordinaten hinzu, dann speichert er

die Nachricht und lässt sie das Funkgerät in Dauerschleife senden. Die Spalte ist eng, aber irgendwann wird die Majestätische Dracht sie vielleicht überqueren. Spätestens dann wird das Allwissen sie hören und Hilfe schicken.

Er kontrolliert seinen Akkustand. 40 Prozent. Viel mehr als den Hilferuf auszustrahlen können sie nicht tun. Er programmiert das Funkgerät so, dass es sendet, bis ihm die Energie ausgeht. Dann wartet er, bis Eva ruhig atmet, und schaltet sich ab.

Dunkelnacht 67, 3928, Planet Sirius A b

»GUTEN MORGEN, Marchenko!«

»Was, wer?«

»Tja, eigentlich hätte ich dich zur Strafe ausgeschaltet lassen sollen. Was hatten wir ausgemacht? Du sendest, solange noch genügend Energie für dich übrig ist, und was tust du?«

»Ich wollte sichergehen, dass die Nachricht auch durchkommt.«

»Und hältst dich nicht an die Abmachung. Deinetwegen hätte ich mir fast den Hals gebrochen und mich elektrokuriert.«

»Wie bitte?«

»Na gut, ein Scherz. Aber ich musste das Kabel zu den nächsten Elektrostämmen selbst verlegen. Das war schwierig und nicht ungefährlich.«

Marchenko testet seinen Akkustand. 15 Prozent.

»Du hast mich wieder aufgeladen?«

»Allerdings. Und das Funkgerät sendet auch schon wieder. Es wäre aber alles schneller gegangen, wenn du nicht so unvernünftig gewesen wärst.«

»Du hättest lieber Francesca aufladen und wecken sollen. Sie reagiert offenbar vernünftiger als ich.«

»Jetzt bist du auch noch eingeschnappt, weil ich dir die Wahrheit sage? Wenn das so weitergeht, hole ich wirklich lieber Francesca online.«

»So war es nicht gemeint.«

»Das sagen sie immer. Bleib, wo du bist, ich muss das Kabel an den nächsten Stamm anschließen.«

»Das kann ich doch ...«

»Ich habe nun schon Erfahrung damit. Aber du könntest dir mal die Speicher des Funkgeräts ansehen. Ich bin noch nicht dazu gekommen. Vielleicht sind unsere Retter ja längst unterwegs.«

Sind sie nicht. Der Speicher des Funkgeräts ist leer. Mist. Aber es ist zu früh, die Hoffnung aufzugeben. Vermutlich ist die Majestätische Dracht einfach noch nicht über die Spalte hinweggeflogen. Oder dort oben tobt noch der Sturm und schirmt sie mit seinen elektrischen Entladungen ab.

»Sieht wohl nicht gut aus?«, fragt Eva.

Oh, sie ist schon zurück. Das Umstecken des Kabels scheint unkompliziert zu sein. Es tut ihm nur um die wunderschönen Nachtgewächse leid.

»Woran siehst du das?«, fragt er zurück.

»Wenn Hilfe unterwegs wäre, würdest du um das Funkgerät tanzen.«

»Du hast recht, niemand hat geantwortet.«

»Das muss nichts heißen«, sagt Eva.

Jetzt tröstet ihn seine Tochter schon. Woher nimmt sie bloß ihren Optimismus?

»Ich weiß«, sagt er. »Die Dracht hat uns vielleicht noch nicht überflogen.

»Hast du auch auf allen Frequenzen nachgesehen?«, fragt Eva.

»Auf den Standardfrequenzen.«

»Aber durch den Sturm oder durch Reflexionen könnte es Verschiebungen gegeben haben.«

Will sie ihn mit Arbeit bei Laune halten?

»Stimmt natürlich. Dann prüfe ich das mal«, sagt er.

»Ich kümmere mich solange darum, den nächsten Stamm anzuzapfen.«

Schritt für Schritt geht Marchenko alle Frequenzen durch. Er entrauscht und entzerrt, was die Antenne aufgefangen hat, doch alles, was übrig bleibt, ist weißes Rauschen. Da ist nichts. Niemand hat sie gehört.

Er stellt den Empfangspegel grafisch dar und betrachtet ihn von allen Seiten. Vor ihm befindet sich eine Wiese. Das Gras ist sauber gemäht, nur ab und zu schauen ein paar Spitzen heraus. Aber auch die sind rein zufällig verteilt.

Er erhebt sich in Gedanken in die Luft und betrachtet den Klangteppich von oben. Die x-Achse ist die Intensität pro Frequenz, in Richtung der y-Achse verläuft die Zeit. Es ist windstill. Das Gras ist unbewegt. Er lässt die Zeit laufen und treibt mit ihr davon in Richtung Gegenwart. Es ist pure Entspannung, über der weichen Wiese zu schweben.

Bis der Trampelpfad beginnt. Es sieht so aus, als hätte etwas die Wiese betreten. Die Grashalme sind plötzlich kürzer. Aber sie sind nicht umgeknickt, sie wachsen einfach an manchen Stellen nicht so hoch wie an anderen. Was ist da passiert? Warum wird das Hintergrundrauschen, von der Höhe der Grashalme symbolisiert, mancherorts systematisch leiser?

Nicht mancherorts, korrigiert er sich. Die y-Achse ist die Zeit. Zu manchen Zeiten nimmt das Rauschen ab. Es sind genau die Zeiten, zu denen das Funkgerät seine Sendung abgestrahlt hat. Aus der Darstellung in seinem Kopf sind die Sendungen herausgerechnet, sie wären im Vergleich zum Rauschen riesige Berge. Aber sie hinterlassen trotzdem ein Muster, und zwar leicht zeitversetzt.

Marchenko rechnet nach. Die Funkwellen bewegen sich mit Lichtgeschwindigkeit. Der Zeitversatz entspricht etwa vier Kilometern Abstand. Das kann mit der Majestätischen Dracht nichts zu tun haben, sie ist 300 Kilometer über ihnen.

Es muss sich um Interferenzen handeln. Irgendetwas spiegelt ihre Sendungen, und das, was zurückkommt, löscht zumindest zum Teil aus, was sie gesendet haben. Vier Kilometer, das sind zwei hin und zwei zurück. Es muss die Wolkenschicht sein, die ihre Funksprüche reflektiert, ähnlich wie die Ionosphäre der Erde — und damit vermutlich auch blockiert. Die Frage ist: kommt dann überhaupt noch etwas durch, oder handelt es sich um Totalreflexion?

Das müsste er ausrechnen können. Er kennt die Sendestärke und die Fläche der Antenne sowie die Höhe der Wolken. Wie hoch muss der Reflexionsgrad sein, damit die von ihm gemessene Auslöschung durch Interferenz möglich ist? Die Berechnung ist nicht trivial, aber machbar. Früher, als er noch Arzt war, hätte er sich über solche Fragen das Hirn zermartert, aber nun hat er zwei Sekunden später das Ergebnis.

Es sind 105 Prozent, mit einem Fehlerbereich von 15 Prozent. Es könnten also in der Realität zwischen 90 und 100 Prozent sein, wobei der Wert näher an 100 als an 90 liegen dürfte. Genauer bekommt er es nicht hin, weil er die Geometrie des ganzen Systems nur so ungefähr kennt. Sie müssen also davon ausgehen, dass keiner ihrer Funksprüche die Majestätische Dracht erreicht, selbst wenn sie die Spalte direkt überfliegt.

»Das dachte ich mir schon«, sagt Eva, als er ihr von dem Ergebnis berichtet.

»Du klingst so ruhig«, sagt er.

»Es ist, wie es ist. Sich aufzuregen macht es nicht besser.«

»Deine Ruhe möchte ich haben.«

»Können wir denn etwas dagegen tun?«

»Wir können die Leistung erhöhen. Es ist nicht sicher, dass Totalreflexion vorliegt. Wenn ein bisschen was durchgeht, könnten wir unsere Chancen mit mehr Sendeleistung verbessern.«

»Was spricht dagegen?«, fragt Eva.

»Unsere Energievorräte.«

»Die sind fast unbegrenzt.«

»Aber dazu müssen wir immer mehr dieser Gewächse anzapfen.«

»Das stimmt, Marchenko, und es ist jedes Mal grässlich. Wenn ich das Kabel einführe, komme ich mir vor, als würde ich sie hinterrücks erstechen. Sie sind so verdammt empfindlich! Schon die kleinste Berührung lässt sie sterben.«

»Vielleicht ist das eine Art Immunreaktion. Die einzelne Zelle schützt alle anderen, indem sie sich selbst zerstört, wenn es Anzeichen für eine Infektion gibt.«

»Das würde bedeuten, dass wir es hier nicht mit

einzelnen Zellen, sondern mit einem ganzen Organismus zu tun haben«, sagt Eva.

»Vielleicht ist es ja auch ein Zwischending, ein eng verknüpftes Ökosystem. Der Weg zum multizellulären Organismus wie auf der Erde ist vielleicht nicht der einzig mögliche.«

»Siehst du, schon deshalb hat es sich gelohnt, herzukommen, selbst wenn wir den Rest unseres Lebens hier verbringen müssen.«

»So weit wird es nicht kommen, Eva. Wenn wir uns nicht melden, werden sie nach uns suchen, das ist doch klar.«

»Ja, sie werden uns suchen, das glaube ich auch. Aber dieser Planet ist von zigtausend Kilometer langen Spalten durchzogen. Wir können nicht auf uns aufmerksam machen. Also müssten sie sämtliche Spalten abgrasen. Das würde Jahre dauern! Wenn wir realistisch sind, und das sollten wir sein, müssen wir langsam damit anfangen, es uns hier unten gemütlich zu machen.«

Eva sieht ihn an. In ihrem Blick steckt etwas, das er nicht ganz fassen kann, etwas Endgültiges. Er mustert sie. Dabei fällt sein Blick auf ihren linken Arm. Der Ausschlag. Er ist wieder da. Eva muss es bemerkt haben, aber sie beklagt sich nicht. Sie hält die Fassade aufrecht. Doch diese Expedition wird kein gutes Ende nehmen. Jede Glückssträhne ist irgendwann vorüber.

Dunkelnacht 68, 3928, Planet Sirius A b

»So, das sollte genügen«, sagt Eva.

Marchenkos Hand ist über ein Kabel mit dem Funkgerät verbunden. Sein Akku steht bei 95 Prozent Kapazität. Das müsste reichen, die Sendeleistung eine Stunde lang zu vervierfachen.

»Wie sieht es draußen aus?«, fragt er.

»Traurig«, sagt Eva. »In zehn Minuten Umkreis ist die komplette Vegetation geschädigt. Es sieht auch nicht so aus, als würde sie sich wieder erholen.«

»Das nenne ich ein empfindliches Immunsystem.«

»Sie sind wohl noch nie von solchen Parasiten wie uns befallen worden.«

»Dann können wir nur hoffen, dass sie sich nicht zu schnell anpassen. Ich starte jetzt die Übertragung.«

Marchenko drückt den Sendeknopf. Die Botschaft haben sie nicht geändert. Er lehnt sich an die Reste des Schlafbehälters und deaktiviert seine Muskeln. Unsichtbare elektromagnetische Wellen verlassen die Antenne. Sie schießen mit Lichtgeschwindigkeit durch den Spalt. Einen Teil reflektiert die Wolkenschicht, der andere erreicht in

Sekundenschnelle die Majestätische Dracht. Das Allwissen antwortet. So stellt Marchenko es sich vor.

»SOS. Marchenko hier«, tönt es plötzlich aus dem Lautsprecher. »Wir sind abgestürzt und brauchen Hilfe. SOS.«

»Hast du ...«

Marchenko aktiviert seine Muskeln. Eine Sekunde später springt er auf, stößt mit dem Kopf an die Decke und setzt sich wieder.

»Auch wieder bloß ein Echo«, sagt er.

»SOS. Marchenko hier. Wir sind abgestürzt und brauchen Hilfe. SOS.«

Die Nachricht wiederholt sich. Es muss an der vierfachen Sendeleistung liegen, dass nicht einfach bloß auslöschende Interferenzen auftreten.

»SOS. Marchenko hier. Wir sind abgestürzt und brauchen Hilfe. SOS.«

Eva stellt sich vor das Funkgerät und betrachtet es. Sie sucht wohl etwas. Dann drückt sie den Sendeknopf noch einmal und schaltet die Sendefunktion damit ab.

Gut so. Wenn das Echo so stark ist, brauchen sie es gar nicht weiter zu versuchen, dann dringt sowieso nichts an die Oberfläche.

»SOS. Marchenko hier. Wir sind abgestürzt und brauchen Hilfe. SOS.«

»Ha!«, sagt Eva.

Ha? Dann fällt es ihm auch auf. Ein Echo ohne Original, das kann nicht sein. Oder?

»Vielleicht ist das ein Echo des Echos«, sagt er. »Die Wellen wurden erst von den Wolke reflektiert, dann vom Boden, dann wieder von den Wolken.«

»Quatsch, dann müsste die Intensität viel geringer sein«, sagt Eva.

»SOS. Marchenko hier. Wir sind abgestürzt und brauchen Hilfe. SOS.«

Er kontrolliert den Empfänger. Der Pegel ist ungefähr konstant geblieben. Das kann kein Echo sein, es sei denn, es gäbe in der Spalte irgendeinen verstärkenden Prozess, sodass sich das Echo immer wieder aufschaukelt. Aber dann müssten sich die Störungen auch aufschaukeln. Es gibt kein perfektes Echo. Er prüft die Kurve, doch das Funksignal ist einigermaßen klar. Der Sender dürfte sich nicht um die Ecke befinden, aber auch nicht im All oder auf einem anderen Planeten.

»Wir haben tatsächlich Kontakt«, sagt Marchenko. »Etwas wiederholt unseren Funkspruch. Aber wozu?«

»SOS. Marchenko hier. Wir sind abgestürzt und brauchen Hilfe. SOS.«

Der Sender hört gar nicht mehr auf. Sie haben da wohl etwas angeregt, was nicht zu stoppen ist. Aber im Moment scheint keine Gefahr davon auszugehen.

»Kannst du etwas zur Richtung sagen?«, fragt Eva.

»Zur Richtung?«

»Na, von oben oder von unten kommt es ja wohl nicht. Der Spalt verläuft in genau zwei Richtungen.«

»Ah, du willst die Quelle suchen!«

»Logisch! Wer so etwas senden kann, besitzt vielleicht noch andere technische Möglichkeiten, die uns dabei helfen können, die Majestätische Dracht zu erreichen.«

»Du denkst schon wieder schneller als ich.«

Vermutlich hält er sich zu sehr mit technischen Kleinigkeiten auf, während Eva schon an das Nächstliegende denkt.

»Also, in welche Richtung müssen wir marschieren?«, fragt sie.

»Moment. Die Antenne zeigt nach oben. Sie ist auch nicht drehbar angeordnet. Aber ich klettere hoch und drehe sie. Du müsstest hier unten bleiben und nachsehen, wie sich der Empfang verändert.«

»Dann raus mit dir.«

ER HAT die Antenne so festgeschraubt, dass sie exakt im 90-Grad-Winkel nach oben sieht. Das hat ihn viel Aufwand gekostet, also tut es ihm nun weh, die Schrauben wieder zu lösen. Er muss darauf achten, das Kabel nicht zu beschädigen. Dann hat er die Schüssel in der Hand. Er sucht mit all seinen Augen, wo die Schlucht weitergeht. Dort, Richtung Norden. Marchenko richtet die Antenne neu aus.

»Hörst du etwas?«, fragt er.

»Nein, gar nichts mehr«, sagt Eva.

Oh, hoffentlich können sie das Signal wieder einfangen. Er dreht die Schüssel um 180 Grad.

»Und nun?«

»Perfekt. Deutlich lauter als zuvor.«

»Dann befindet sich die Quelle im Süden.«

»Kannst du die Entfernung schätzen?«

»Nein, Eva, ich kenne ja die Sendestärke nicht. Oder warte, ich habe eine Idee.«

Die Sendungen haben erst begonnen, nachdem sie ihre Sendestärke vervierfacht haben. Die Spalte knickt immer wieder ab. Das Funksignal breitet sich vermutlich über Reflexionen an Wolken und Boden aus. Wenn es bei einfacher Intensität den Empfänger nicht erreicht hat, bei vierfacher aber schon, wie weit ist er dann entfernt?

Er füttert den Bordrechner mit der Aufgabe. *Zu viele Variablen*, gibt er zurück.

»Und?«, fragt Eva.

»Mindestens 50 Kilometer, schätze ich, sonst hätte

auch das normale Signal den Empfänger erreichen müssen.«

»Und höchstens?«

»Höchstens der halbe Umfang des Planeten, falls die Spalte um ihn herumführt.«

»So etwas habe ich befürchtet«, sagt Eva. »Das könnte eine lange Wanderung werden. Diesmal brauche ich dich dafür.«

»Das ist ja nett.«

»Du musst Verpflegung und Wasser für mich tragen.«

»Mein Akku wird nicht länger als zwei Tage durchhalten.«

»Wir laden dich unterwegs an den Stämmen auf.«

»Und wann starten wir?«

»Morgen. Ein bisschen Zeit brauchen wir zum Packen.«

Dunkelnacht 69, 3928, Planet Sirius A b

»Geht es so?«, fragt Eva.

Marchenko betrachtet sich rundherum aus allen vier Augen. Er sieht aus wie ein Packesel. Um für alle Fälle gerüstet zu sein, hat Eva ihm zusätzlich zum Rucksack noch mehrere Pakete auf den Rücken geschnallt. Er wird sich als Vierfüßler durch die Spalte bewegen müssen, aber das macht ihm nichts aus.

»Perfekt«, sagt er.

Sie haben Proviant und Wasser für zwei Wochen dabei. Spätestens nach einer Woche müssen sie also umkehren. Ein Kabel hängt wie eine Leine um seinen Hals. Eva wird vorangehen und den Weg erkunden. Er ist so breit, dass er nicht durch jede Ritze passt. Sie wollen so wenige Stämme wie möglich berühren, und wenn es doch passieren sollte, werden sie gleich den Energievorrat des sterbenden Stamms nutzen. Eva hofft, dass sie hundert Kilometer am Tag schaffen, aber da ist er eher skeptisch.

»Dann hü, Pferdchen«, sagt sie, lacht und läuft hüpfend los.

Er trottet hinterher.

»Komm hier entlang«, sagt Eva.

Immer, wenn sie sich entfernt, ist er unruhig. Sie können sich zwar nicht verirren, aber ... Es gibt kein Aber. Der Boden des Spalts scheint wirklich sicher zu sein. Wenn die Stämme zu dicht stehen, erkundet Eva, wo sie am besten hindurchgehen können.

Er folgt ihrem Befehl. Es hat etwas Meditatives, nicht selbst nachdenken zu müssen. Je weiter sie in die Spalte vordringen, desto ruhiger wird er. Nach der ersten Pause traut er sich sogar, einen Teil seines Gehirns stillzulegen, um Energie zu sparen. Aus dem Gedankenstrom, der ihn sonst durchfließt, ist ein Rinnsal geworden.

Auch der Scheinwerfer ist längst abgeschaltet. Er trottet durch eine Märchenwelt, die neongrün und -blau beleuchtet ist. Der Atemrhythmus, den sie ihm aufdrängt, ist hypnotisch. Ganz unwillkürlich passt er sein Schritttempo an. Einen Fuß neben den Takt zu setzen, kommt ihm schmerzhaft vor. Es ist wie der Systemtakt eines Elektronengehirns. Bum – bum – bum. Alle Prozesse richten sich danach. Selbst beim Sprechen sucht er nach Wörtern, die in den Takt passen, oder er legt unwillkürlich Pausen ein.

»Geht – es – dir – gut?«, fragt er.

»Ich bin immer noch ganz fasziniert«, antwortet Eva. »Diese Farben! Und seitdem wir den Umkreis des Shuttles verlassen haben, begleitet uns ein Minzgeruch, der mal stärker und mal schwächer wird.«

Eva beeinflusst der Takt dieser geheimnisvollen Welt offenbar weniger. Vielleicht liegt es daran, dass das limbische System, das die Grundfunktionen ihres Organismus' steuert, von ihrem Bewusstsein weitaus unabhängiger ist als bei ihm.

»Wenn – wir – Pau – se – mach – en – wol – len ...«

»Dann sage ich dir Bescheid. Momentan bin ich noch ziemlich fit. Wir haben ja auch erst 21 Kilometer geschafft.«

Sie fragt gar nicht, warum er so spricht. Oder kommt es nur ihm selbst so vor?

»Warte mal, das sieht eng aus«, sagt Eva.

Er hebt den Kopf. Vor ihm stehen zwei Stämme im Weg. Geschickt verschwindet Eva zwischen ihnen, ohne sie zu berühren.

Dunkelnacht 70, 3928, Planet Sirius A b

»Heute müssen wir die hundert Kilometer aber schaffen«, sagt Eva.

»89 Kilometer waren doch nicht schlecht«, sagt er.

Eva ist angezogen und trägt schon ihren schmalen Rucksack. Marchenko ist eben erst erwacht. Der pumpende Rhythmus der Neonwelt greift gerade wieder nach ihm, aber noch kann er sich wehren.

»Wir dürfen uns nicht zu viel Zeit lassen«, sagt Eva.

»Was meinst du, wie lange sie nach uns suchen werden?«

»Zwei Wochen mindestens.«

Das gilt zwar nur, wenn das Allwissen Gronar weckt, aber das muss er Eva ja nicht sagen. Sie hat anscheinend wieder Hoffnung geschöpft. Ein Ziel zu haben, ist die beste Motivation.

»Das ist gut«, sagt Eva. »Ich glaube zwar, dass unser Ziel näher liegt, als wir denken, aber das verschafft uns dann einen Puffer.«

Um die Mittagszeit herum − nach Standardzeit − haben sie diesmal schon knapp 50 Kilometer hinter sich. Eva legt ein beeindruckendes Tempo vor. Sie gibt allerdings auch deutlich weniger darauf acht, keinen der Stämme zu berühren. Die Erkundungstouren haben zu viel Zeit gekostet.

Je weiter sie in der Spalte vorankommen, desto schneller wird der Rhythmus, in dem diese Welt lebt. Das ist nicht nur Marchenkos Eindruck, er hat es auch gemessen. Die Lichter pulsieren nicht mehr 60 Mal in der Minute, sondern 70 Mal, und das Tempo nimmt weiter zu. Ob es sich um ein planetenweites Phänomen handelt? Oder betreten sie einfach nur einen Bereich stärkerer Aktivität?

Er stellt sich den Planeten als riesigen Organismus vor. Vielleicht bewegen sie sich die ganze Zeit wie Erreger in seinen Adern und steuern nun auf das Herz zu, oder gar auf das Gehirn? Es gibt natürlich keinen Beweis für irgendeine Art von Zentrale. Auch Pilze, die auf der Erde in Kreisen wachsen, teilen sich ja kein Gehirn, sie sind bloß durch ein Myzel verbunden. Die Form der Stämme hat sich auch nicht geändert, und noch immer pulsieren die sie umgebenden Stränge in grünen und blauen Neontönen.

»Pause«, sagt Eva und bleibt stehen.

»Pau − se«, sagt er.

»Du bist seltsam«, sagt Eva.

»Das − ist − der − Trott.«

»Verstehe. Keine Abwechslung. Du taktest dich ein.«

»Ge − nau.«

Eva öffnet eine Konserve. Sie riecht daran und macht ein angewidertes Gesicht, löffelt den Inhalt aber trotzdem aus.

»Was Grosnopf-Köche so für menschliche Nahrung halten«, sagt sie.

Marchenko nimmt ihr die Dose ab. Sie ist in Grosnopf-Zeichen beschriftet.

»Schnellfußschnecken-Ragout auf südliche Art«, liest er vor.

»Ah, deshalb war es so eklig«, sagt Eva.

»Da habe ich in der Eile wohl auch echte Grosnopf-Spezialitäten erwischt«, sagt er. »Wir hatten nicht viel Zeit, als wir dich von Bord gebracht haben. Wer weiß, was das Allwissen oder der Ausschlag mit dir angestellt hätten.«

Eva zeigt ihm ihren Arm. Der Ausschlag ist gewachsen. Mist.

»Aber es hat sich trotzdem gelohnt«, sagt sie. »Ich habe diese Welt kennengelernt, dank Francesca und dir.«

»Wir bringen dich auch wieder zum Schiff«, sagt er.

»Warten wir es ab. Wenn wirklich Hilfe kommt, dürfen wir Francesca auf keinen Fall im Stich lassen. Aber jetzt komm, wir müssen weiter.«

In diesem Moment knallt es laut. Marchenko dreht sich schnell genug in Richtung des Lärms, um einen Blitz in den Stamm hinter ihnen einschlagen zu sehen. Es riecht nach Ozon. Der Stamm schwankt, aber er stirbt nicht wie bei einer simplen Berührung. Marchenko sieht sich hektisch um. Wo sollen sie sich verstecken? Doch es bleibt bei diesem einen Blitz.

»Beeindruckend«, sagt Eva.

»Mir kam er eher gefährlich vor«, sagt er.

»Aber nicht für den Stamm, den der Blitz getroffen hat. Der wackelt nicht einmal mehr.«

»Die Stämme müssen das gewöhnt sein.«

»Du weißt, was das bedeutet, Eva?«

»Die Stämme speichern elektrische Energie. Warum sollten sie sich dann vor Blitzen fürchten müssen?«

»Das ist nicht die Frage. Die Stämme sind solche Blitze offenbar gewöhnt, anders als unsere Berührungen. Was sagt das wohl darüber, wie alltäglich diese Blitze sind?«

»Das war der erste, Marchenko. Nun reg dich nicht gleich auf.«

»Es war auch der erste Sturm, der uns in die Spalte stürzen ließ.«

»Genau genommen war es ja nicht der Sturm, sondern die Blasen, die uns getroffen haben.«

»Und die wir seitdem auch nicht wieder beobachtet haben. Ich glaube fast, wir kennen bisher nur einen winzigen Ausschnitt des Lebens auf diesem Planeten.«

Dunkelnacht 71, 3928, Planet Sirius A b

Es blitzt schon wieder. Marchenko zählt mit. Dann kommt der Donner. Etwa 600 Meter Abstand. Das war jetzt der dritte Blitz, seit Eva ihn geweckt hat. Sie schlagen zuverlässig in den Stämmen ein und halten dabei respektvollen Abstand, aber das muss ja nicht so bleiben.

»Sollen wir nicht lieber abwarten, wie sich das entwickelt?«, fragt Marchenko.

»Herumsitzen? Und wenn es tatsächlich mehr werden, kehren wir dann um und warten im Shuttle auf besseres Wetter?«

»Diese Möglichkeit sollten wir in Betracht ziehen.«

»Dann sieh dir mal meinen Arm an. Und denk an die Dracht. Wir haben nicht mehr ewig Zeit.«

»Du hast ja recht, Eva.«

»Natürlich. Und nun komm.«

Die Luft riecht intensiv nach Ozon. Sie brechen inzwischen rücksichtslos durch den Märchenwald. Sie haben nicht darüber gesprochen, aber weder Eva noch er selbst bemühen sich jetzt noch darum, möglichst wenige Stämme zu berühren. Marchenko führt eine Statistik. Die Frequenz der Blitze hat in den letzten fünf Stunden deutlich zugenommen. Inzwischen donnert es etwa alle zwei Minuten. Das Wetter schlägt offenbar gerade radikal um. Zurückzugehen kommt nicht in Frage, also sind sie erst an ihrem Ziel sicher.

Eva hat etwas Vorsprung gewonnen, weil Marchenko einen besonders dicken Stamm umgehen musste. Auch das ist bemerkenswert: Je weiter sie kommen, desto dicker werden die Gewächse, und desto weniger Platz ist zwischen ihnen. Er würde sie gern untersuchen. Ob es noch dieselbe Art ist? Aber Eva winkt schon wieder.

Er muss weiter. Mit Schwung rennt er gegen den nächsten Stamm, der ihm im Weg steht. Das mächtige Gewächs kippt zur Seite wie ein Strohhalm. Im hinteren Auge sieht er noch, wie es in sich zusammensackt, als würde all seinen Muskeln die Kraft ausgehen. Dann schlägt ein Blitz in den sterbenden Baum, und die Reste seiner Masse spritzen nach allen Seiten.

Kurz darauf hört er ein hallendes Geräusch, als würde ein mächtiger Vogel seine Schwingen bewegen. Er bleibt stehen und sucht nach der Quelle. Sie kommt direkt von vorn.

»Deckung!«, ruft er instinktiv.

Eva lässt sich sofort fallen. Aber das wäre gar nicht nötig gewesen. Die Quelle des Geräuschs bewegt sich etwa zwanzig Meter über ihnen durch die Luft. Es ist ein Riesenvogel, ein Rhombus mit einer Kantenlänge von bestimmt zehn Metern. Die beiden Hälften bewegen sich gleichläufig auf und ab. Sie sind weiß, so weit er das im farbigen Licht der Stämme beurteilen kann. Die vordere

Ecke ist plattgedrückt. Sie enthält ein Loch mit rund zwei Metern Durchmesser. Vielleicht ein primitiver Mund? Zähne sind nicht zu erkennen. Ob das auch ein Einzeller ist? Es wäre logisch.

»Komm weiter«, sagt Eva.

Sie steht vor ihm und zieht an dem Kabel, mit dem sie immer wieder seine Akkus aufladen.

»Das muss ich sehen«, sagt er. »Das ist ungeheuerlich.«

»Wir haben aber keine Zeit!«

»Nur drei Minuten. Sieh dir dieses Ding an! Es erinnert mich an einen Rochen. Aber es fliegt! Und das bei der hohen Schwerkraft.«

»Es macht mir ein bisschen Angst«, sagt Eva.

»Aber es sieht ganz ...«

Da schreit der Rhombus. Der hohe Laut trifft ihn genau in den Magen, obwohl er nicht einmal einen hat. Es ist ein Schrei, wie ihn ein Raubsaurier ausstoßen könnte. Eva zuckt zusammen. Er legt schützend seine Lastarme um sie.

»Da sind noch mehr!«, sagt Eva und zeigt nach vorn.

Es ist ein faszinierendes Bild. Fünfzehn bis zwanzig dieser Rhomben fliegen majestätisch über dem elektrischen Wald dahin, ihre Unterseiten beleuchtet von den Neonsträngen der Stämme. Ab und zu löst sich ein dünner Blitz von einem Stamm und versucht, mit seinen Verästelungen einen Rhombus zu erreichen. Die Luft ist voll von statischer Elektrizität.

»Okay, gehen wir weiter«, sagt er. »Wer weiß, welche Überraschungen der Planet noch für uns hat.«

Das hätte er nicht sagen sollen, denn nun bricht das Unwetter los. Die Stämme pulsieren in verdoppeltem Rhythmus. Ihre Unterteile dehnen sich enorm aus und ziehen sich wieder zusammen. Es sieht aus, als würden sie etwas Kugelförmiges nach oben würgen, um es dann mit einem schmatzenden Geräusch auszuspucken: weißliche, zerbrechlich wirkende Blasen, die auf die fliegenden Rhomben zielen.

»Das müssen die Blasen sein, die das Shuttle auf den Boden geholt haben!«, ruft Eva.

Die Blasen schütteln sich, während sie wachsen. Der Impuls, den ihnen die Stämme verliehen haben, schießt sie in hohem Bogen in die Luft. Die Rhomben reagieren nicht darauf, sie setzen ihren Flug einfach fort. Blitze zucken zwischen Stämmen, Blasen und Rhomben hin und her. Der Lärmpegel wächst. Der idyllische Wald verwandelt sich in ein Tohuwabohu, das schmatzt, knallt, zischt, knattert, seufzt und nach Schwefel stinkt.

Dann trifft die erste Blase einen Rhombus. Das ebenmäßige Viereck reißt die Öffnung an seiner Spitze auf und verschluckt sie im Ganzen. Eine zweite Blase trifft seine Unterseite und platzt. Ledrige Haut spritzt nach allen Seiten. Marchenko hält Eva fest, die einfach weiterlaufen will. Die Überreste der Blase fallen zu Boden, während der Rhombus in konvulsive Zuckungen verfällt, die von seinem Bug bis zu seinem Heck wandern. Ob er gleich abstürzt wie das Shuttle? Mit den seitlichen Augen sieht sich Marchenko hektisch um. Er muss Eva in Sicherheit bringen. Aber hier gibt es nichts, wo sie sich unterstellen könnten, und die Riesenvögel sind zu schnell, um ihnen zu entfliehen.

Marchenkos Vorderauge beobachtet den Rhombus. Er scheint die Blase jetzt verdaut zu haben. Kurz vor seinem Hinterteil ist noch eine Art Geschwulst zu sehen. Unter ihrer aufgewölbten Oberfläche bewegt sich etwas. Drei Sekunden später geht wie eine letzte Zuckung eine Längswelle durch den plattgedrückten Riesenvogel, und dann öffnet sich seine flache Gestalt am hinteren Ende. Sie entlässt ein birnenförmiges Etwas, das aus einer dünnen Hülle mit einer lebhaft darin zappelnden Füllung besteht. Das Ding – was ist es, ein Kind, ein Keim, ein Samen? – stürzt in steilem Bogen gen Oberfläche. Es verschwindet hinter einem Stamm, scheinbar lautlos, aber in diesem Höllenlärm sind einzelne Geräusche nicht mehr zu unterscheiden.

Ein Schrei. Marchenko zuckt zusammen. Das ist Eva. Sie hält sich den Arm. Er denkt zuerst an den Ausschlag, doch es ist der rechte Arm, nicht der linke, der ihr Schmerzen zu verursachen scheint.

»Was ist ...«

Ein lederner Hautrest einer Blase klatscht auf Evas Rücken. Ihr ganzer Körper versteift sich, und wieder schreit sie. Eva leidet Qualen! Marchenko schaltet auf Infrarot, und da sieht er es. Die zerrissenen Hüllen der Blasen sind extrem heiß, 400 bis 500 Grad Celsius. Das kann der Anzug nicht ausgleichen. Er reißt Eva an sich. Es gibt nur einen Weg – er muss sie mit seinem eigenen Körper schützen. Eva wehrt sich. Sie versteht seine Intention nicht, aber er hat keine Zeit, es ihr zu erklären, denn weitere Hautfetzen stürzen zu Boden. Sie klatschen auf das Metall seines Körpers, der jetzt über Eva gebeugt ist.

In diesem Moment beginnt das Gewitter. Was sie bisher erlebt haben, war nur das Vorspiel. Die Stämme haben anscheinend über viele Tage akkumuliert, was sie jetzt an elektrischer Energie in die Atmosphäre pumpen. Blitze zucken in großer Zahl zwischen ihnen und den Rhombus-Rochen hin und her. Die Riesenvögel erzittern immer wieder unter ihnen und verlangsamen ihre Bewegung. Dadurch treffen noch mehr Blasen ihr Ziel, werden entweder geschluckt und verarbeitet oder zerplatzen, wenn sie die Maulöffnung am Bug verpassen. Ihre toten, aber heißen Reste segeln durch die Luft, angezogen von der Schwerkraft des Planeten. Der Schwefelgeruch ist höllisch.

Aber die Blitze treffen nicht nur die Flugrochen. Sie suchen sich ihre Ziele selbst. Sie können nicht denken, aber sie folgen den Gesetzen der Physik, und es ist Marchenkos metallischer Körper, der fest auf dem feuchten Boden steht und damit den Weg des geringsten Widerstands verspricht. Immer mehr Blitze von den umliegenden Stämmen zucken nur kurz gen Himmel, machen dann aber Marchenko als ihr Ziel aus. Sie halten die Flugrochen nicht mehr auf, die sich darum schneller aus dem Gefahrenbereich wegbewegen. Den Blitzen gehen die Ziele in der Luft aus, also verästeln sie sich, bis sie auf die von anderen Blitzen gezogenen Plasmabahnen in der Luft stoßen, die direkt auf Marchenko zielen.

Er sollte fliehen, aber damit würde er Eva opfern. Ihr Körper ist zwar nicht so leitfähig wie seiner, aber sie ist immer noch ein vielversprechendes Ziel. Vor allem aber könnte ein einziger Blitz ihren Körper töten. Wie viele Treffer übersteht er selbst? Marchenko hat keine Vorstellung. Dafür hat er seinen Körper nicht konstruiert. Er beugt sich weiter nach vorn und lässt sich auf die Tastarme fallen. So bildet sein Körper eine Brücke über Eva, die sich auf dem Boden flach zusammenrollt. Mit den Lastarmen kratzt er seitlich eine kleine Barriere zusammen.

Eva liegt nun geschützt in einer Kuhle unter ihm, ohne dass er sie berührt. Blitze schlagen von allen Seiten in ihn ein. Marchenko fühlt sich wie ein Igel, der statt der Stacheln Blitze auf dem Rücken trägt. Er fixiert seine künstlichen Muskeln, damit er nicht auf Eva stürzt, falls seine Steuerung ausfällt.

Sie hätten Francesca mitnehmen sollen. Das ist sein letzter Gedanke, bevor gleich mehrere Sicherungen gleichzeitig durchschmoren und eine Flut elektrischer Energie seine Prozessoren und Speicher überschwemmt. Wie glutflüssige Lava ebnet sie alle Strukturen ein und zerstört sein Gehirn irreparabel. Aber das bekommt er schon gar nicht mehr mit.

Dunkelnacht 72, 3928, Planet Sirius A b

»MARCHENKO?«

Der Roboterkörper reagiert nicht.

»Marchenko? Komm, lass uns weitergehen, der Sturm scheint vorüber«, sagt Eva.

Keine Antwort. Eva pocht von unten gegen den metallenen Bauch des Roboters.

»Marchenko, falls du dich abgeschaltet hast, wäre das jetzt der Zeitpunkt, dich wieder einzuschalten.«

Er reagiert noch immer nicht. Es hat bisher selbst nach einem totalen Reset nie länger als ein paar Sekunden gedauert, bis Marchenko sein Programm hochgefahren hatte. Sie klopft noch einmal mit der Faust gegen das Metall. Marchenko klingt hohl, aber das ist normal. Eva will den Ellenbogen benutzen, doch in diesem Moment durchzieht ein stechender Schmerz ihren Oberarm. Das muss die Verletzung durch die heißen Hautreste sein.

»Aufwachen!«, ruft sie.

Marchenko bewegt sich nicht. Eva sieht sich um. Sie sitzt in einer Art Käfig fest, den die vier Arme und zwei Beine des Roboterkörpers um sie herum aufspannen.

Etwas über Kopfhöhe stecken die beiden Tastarme tief im Untergrund. In der Körpermitte hat Marchenko die kurzen Lastarme abgesenkt. Unter ihren Füßen bilden die Beine des Roboters den Abschluss des Käfigs. Links und rechts sind die Wände mit hart gewordenem Sand verstärkt. Dass sie überhaupt etwas erkennen kann, liegt an der Lücke zwischen den Beinen des Roboters. Durch sie dringt blaugrünes Licht in ihr Versteck.

»Marchenko? Es wäre sehr hilfreich, wenn du aufstehen könntest.«

Er reagiert nicht. Das wäre ja auch zu schön gewesen. Was ist nur mit ihm los? Haben ihn die Blitze außer Gefecht gesetzt? Eva prüft ihre Optionen. Die Tastarme oben sind relativ dünn. Sehr wahrscheinlich kann sie sie so verbiegen, dass eine Lücke entsteht, die groß genug ist, um ihr Gefängnis zu verlassen. Aber wenn sie Pech hat, knicken die Tastarme einfach ein und der massige Körper zerquetscht sie. Marchenko dürfte mindestens 150 Kilogramm wiegen, in der hiesigen Schwerkraft wohl eher noch mehr. Sie darf daher auch die Beine des Roboters nicht bewegen.

Also bleiben die Tastarme. Es sieht zwar so aus, als würden sie einen Teil des Gewichts tragen, aber wenn sie es schafft, nur einen zur Seite zu biegen, kann der andere immer noch genügend Gewicht übernehmen. Außerdem scheint Marchenkos Körper starr genug zu sein, sodass Tastarme und Beine eigentlich ausreichend Stützkraft bieten müssten.

Eigentlich. Müssten. Eva lacht. Ihr Lachen klingt dumpf. Sie sind so weit gekommen – und nun soll der Körper sie zerquetschen, der sie vor dem Unwetter da draußen beschützt hat? Das kommt gar nicht in Frage. Sie rutscht ein Stück nach unten und krümmt sich zusammen. Dann dreht sie sich auf die rechte Seite. Dieser Scheißoberarm! Sie beißt die Zähne zusammen und schluckt den Schmerz hinunter. Er bleibt in ihrer Kehle stecken. Eva lacht. Es klingt irre, aber plötzlich ist der Schmerz weg.

Jetzt erreicht sie mit der linken Hand die Sandbarriere, die Marchenko zusammengekratzt haben muss. Sie schabt mit den behandschuhten Fingern daran herum, aber so kommt sie nicht weit. Sie muss den Handschuh ausziehen. Mit bloßen Fingern klappt es besser. Das Material ist zwar eiskalt, aber durch die Anstrengung friert Eva nicht. Sie wühlt sich immer tiefer in das harte Material. Mist. Der Nagel ihres Zeigefingers ist abgebrochen. Aber sie darf nicht aufgeben. Sie gräbt und gräbt, und plötzlich stoßen ihre Finger ins Freie.

Ha! Das wäre doch gelacht! In diesem Moment senkt sich der Roboter um ein paar Millimeter. Sie erschrickt und zieht die Hand zurück, doch das war es schon. Wehe, Marchenko, du stehst jetzt auf. Ich werde es auch ohne dich schaffen! Sie setzt ihre Arbeit an der Barriere fort. Das Material ist plötzlich bröselig und lässt sich leichter entfernen. Die Bewegung des Roboters hat ihr wohl geholfen. Aber viel weiter darf Marchenko nicht herabsinken, sonst kommt sie nicht mehr unter ihm hervor.

Die Barriere fällt. Eva erreicht den Lastarm. Sie ruckelt daran, aber er scheint festgemauert. Reicht es vielleicht auch so? Die Lücke im Käfig ist etwa einen halben Meter breit. Eva zieht die Beine an, greift nach dem vorderen Tastarm, windet sich und zieht sich dann so weit nach oben, dass sie die Beine nach rechts drehen kann. Puh. Ihr verletzter rechter Oberarm schabt auf dem Untergrund. Noch ein Stück! Ihr rechter Fuß trifft auf Widerstand. Das muss der Lastarm sein. Sie zieht das linke Bein hinterher. Wenn die Höhle unter Marchenkos Körper doch nur ein paar Zentimeter höher wäre!

Ha, ihre Beine sind draußen! Sie tastet mit ihnen ins

Nichts. Irgendetwas, an dem sie sich abstützen könnte, wäre praktisch. Aber da ist nichts. Sie muss sich mit den Armen hinausdrücken. Ihr Oberarm scharrt noch immer auf dem Boden. Sie beißt die Zähne zusammen und schnauft. Der Schmerz ist übermächtig. Dann versucht sie wieder ihr irres Lachen. Es amüsiert sie so sehr, dass der Schmerz für einen Moment in den Hintergrund tritt. Sie nutzt die Gelegenheit und drückt sich an dem Tastarm über ihrem Kopf mit den Armen ab. Zentimeter um Zentimeter rutscht ihr Körper ins Freie. Jetzt reichen ihre Unterschenkel so weit hinaus, dass sie sich mit den Beinen am Lastarm festkrallen kann. So hat sie mehr Kraft. Sie zieht und drückt, und dann erreicht auch ihr Oberkörper die verbliebene Schwelle nach draußen. Noch ein letzter Zug, und sie rollt neben Marchenko zur Seite.

Eva bleibt einen Moment lang auf dem Rücken liegen, bis sie wieder Luft bekommt. Um sie herum streben Stämme in die Höhe. Die Stränge leuchten, aber ihre Helligkeit scheint abgenommen zu haben, während der Rhythmus, in dem Farben und Stämme pulsieren, viel langsamer geworden ist. Falls sie auf Francesca bleiben müssen, sollten sie sich das merken. So können sie derartige Gewitter vorhersehen und sich rechtzeitig in Sicherheit bringen.

Ächzend steht Eva auf. Ihr Blick fällt auf Marchenko. Sein Körper ist von Staub bedeckt. Er liegt regungslos auf dem Bauch, nein, er hat sich in den Vierfüßlerstand begeben, um sie bestmöglich vor dem Sturm zu schützen. Der Behälter mit dem Proviant ist ihm vom Rücken gerutscht. Marchenkos Gesicht ist nicht zu sehen. Aber wenn er bei Bewusstsein wäre, hätte er längst geantwortet.

Eva hebt den Proviantsack auf. Er scheint unbeschädigt, ist aber zu schwer, als dass sie ihn tragen könnte. Sie muss Marchenko wecken. Wahrscheinlich sind seine Akkus entladen. Das Ladekabel hängt ihm noch um den Hals. Sie nimmt es ihm ab. Einige der Stämme im Umkreis sind tot, der Großteil lebt aber. Das müssten genügend Energiequellen sein, auch wenn sie bestimmt nicht mehr voll geladen sind. Sie verlegt das Kabel zum nächsten Stamm, steckt es aber noch nicht hinein. Die Gewächse sterben so schnell. Erst muss sie die Kabel mit Marchenko verbinden.

Der Anschluss befindet sich in seinem Tastarm, doch der steckt im Boden, und etwa ein Sechstel von Marchenkos Gewicht lastet darauf. Nur ein Sechstel. Das schafft sie. Eva stellt sich neben die Schulter, an der der Tastarm beginnt und greift darunter. Eins, zwei, drei. Sie zieht mit aller Kraft. Marchenko gerät ins Wanken. Der Tastarm hebt sich an. Noch ein Stück. Sie legt alle Kraft hinein, und plötzlich kippt der Körper. Eva stolpert und fällt ihm hinterher.

Sie stürzt in seine kalten Arme.

»Mist«, flucht sie und rappelt sich wieder auf.

Marchenko liegt auf dem Rücken in der Kuhle, in der er Eva versteckt hat, und streckt wie ein hilfloses Insekt Arme und Beine in den Himmel. Der starke Marchenko, ihr Held und Retter, der sie bis zum heutigen Tag beschützt hat. Jetzt liegt er da, regungslos. Hoffentlich fehlt ihm nur Energie. Sie darf jetzt nicht verzweifeln.

Aber sie wird es ja gleich sehen. Sie verbindet das Kabel mit seinem Tastarm. Dann läuft sie zum anderen Ende, hebt das Kabel auf und drückt die spitzen Elektroden in den Stamm. Sie überwindet die zähe Haut und drückt das Kabel tief hinein bis zum Kern, dem sie hoffentlich genug Energie entnehmen kann, damit Marchenko wieder auf die Beine kommt.

Der Stamm stirbt vor ihren Augen. Vielleicht täuscht sie sich, aber das Absterben scheint noch schneller zu erfolgen als vor dem Unwetter. Sie wendet den Blick ab, weil ihr schlechtes Gewissen zu stark wird. Was soll sie denn tun? Sie kann doch Marchenko nicht hilflos hier liegenlassen.

Hinter dem sterbenden Stamm befindet sich eine freie Stelle. Die Vertiefung im Boden könnte darauf hindeuten, dass dort vorher ebenfalls ein Stamm stand, der jedoch schon vor dem Sturm gestorben ist. In der Mitte der Vertiefung liegt nun ein birnenförmiges Objekt mit einer zarten Hülle. In ihrem Inneren scheint sich etwas zu bewegen. Plötzlich stellt sich die Birne senkrecht, als wäre der Stil ihr Bein. Sie senkt sich auf das Bein und steht still. Jegliche Bewegung hört auf. Die Birne steht, als wäre dies schon immer ihr Platz gewesen. Vermutlich handelt es sich um den Keim eines neuen Stammes.

Das war nicht nur ein Gewitter. Sie sind Zeugen eines orgiastischen, außerirdischen Sexualakts geworden, bei dem Stämme und Flugrochen Nachwuchs gezeugt haben. Gern würde sie Marchenko davon erzählen, aber er rührt sich noch immer nicht. Sie weiß auch schon, was er dazu sagen würde. Er würde sie nämlich darauf hinweisen, dass es auf der Erde ein ähnliches System gibt. Dort wären Quallen die Flugrochen und ihre Vorgängerstadien die Stämme. Sie würde ihn darauf hinweisen, dass ihr noch nie ein Gewitter auf dem Meeresgrund aufgefallen sei.

Ach, Marchenko, hoffentlich wachst du bald wieder auf!

NACH ZWANZIG MINUTEN wechselt sie den Stamm. Sie zieht das Kabel aus dem toten Gewächs und steckt es ins nächste. Normalerweise verrät ihr Marchenko, wie weit sich seine Akkus schon gefüllt haben, aber diesmal ist es anders. Das hat bestimmt nur damit zu tun, dass seine Batterien komplett entladen waren. Eva beginnt, im Kreis um den unbeweglichen Roboter herumzulaufen. Sie braucht jetzt endlich Bewegung.

Nach weiteren zwanzig Minuten tötet sie den nächsten Stamm. Es wird wirklich Zeit, dass Marchenko erwacht. So lange hat er noch nie gebraucht. Sie legt das Ohr erst an seinen Bauch, dann an seinen Kopf, doch nicht einmal das leiseste Geräusch ist zu hören. Müssten sich die künstlichen Muskeln nicht längst aufgewärmt haben? Die gedämpften Töne aus Marchenkos Bauch, das verhaltene Klacken, das tiefe Brummen, das rhythmische Fiepen haben sie manchmal genervt, aber auch oft in den Schlaf gewiegt.

Noch einmal zwanzig Minuten sind vergangen, als sie den nunmehr vierten Stamm in eine Energiequelle verwandelt. Es schmerzt sie in der Seele, das Gewächs zusammenbrechen zu sehen. Denn sie ahnt, dass der Tod der beiden anderen umsonst gewesen ist. Und dass sie ihren Weg ohne Marchenko fortsetzen muss. Sie tastet seinen Körper ab. Er hat längst Umgebungstemperatur angenommen. Müsste das System nicht wenigstens die Elektronik warmhalten? Wenn sie sich zu sehr abkühlt, kann es durch Kondenswasser zu Kurzschlüssen kommen. Aber das scheint nun keine Rolle mehr zu spielen.

Sie gibt sich ein letztes Mal den dritten Teil einer Stunde. Mit der Energie aus fünf Stämmen konnte sich Marchenko bisher einen halben Tag lang bewegen. Selbst wenn sie berücksichtigt, dass der Energiegehalt weitaus geringer ist, müsste Marchenko doch nun wenigstens ein Auge öffnen.

Mach dir keine Sorgen, Eva, müsste er sagen. *Ich bekomme das wieder hin.*

Aber er spricht nicht mit ihr. Er ist ... tot? Eva schluchzt. So allein war sie zuletzt auf Einsonne, als sie in der Zentrale des seltsamen Turms auf ihren Tod wartete. Der Tod war nicht gekommen, dafür aber Gronar. Doch diesmal schläft der General, und das Allwissen weiß nicht, wo sie sich befinden. Niemand kann ihr zu Hilfe kommen. Sie muss sich zusammennehmen. Jetzt muss sie sich selbst helfen. Auf Einsonne hatte sie keinen Ausweg gesehen, doch diesmal ist es anders. Was immer ihre Funksprüche beantwortet hat, es ist sicher noch da.

»Ich laufe allein zu unserem Ziel«, sagt sie. »Mach keine Dummheiten, ich hole Hilfe, dann bergen wir deinen Körper.«

Ihr ist, als würde Marchenko ganz leicht dazu nicken. Eva sammelt Proviant und Wasser für zwei Tage auf und schultert einen der kleinen Rucksäcke, die Marchenko auf dem Rücken hatte. Plötzlich hat sie Bauchschmerzen. Deshalb erleichtert sie sich noch einmal hinter Marchenkos Rücken. Die Stämme interessieren sich nicht dafür. Sie pulsieren noch immer in dem langsamen Rhythmus, den sie nach dem Gewitter angenommen haben. Der Vermehrungszyklus hat wohl gerade erst begonnen.

»Also, bis dann!«, verabschiedet sie sich.

Sei vorsichtig, müsste Marchenko darauf antworten.

Dunkelnacht 73, 3928, Planet Sirius A b

Es ist jetzt fünf Tage her, dass ihre Funksprüche zum letzten Mal beantwortet wurden. Am ersten Tag haben sie 89 Kilometer geschafft, am zweiten nur 34. Heute sind es schon 56, wenn sie dem Schrittzähler ihres Multifunktionsgeräts glaubt. Macht 179 Kilometer – in einer Spalte, die selbst bestimmt 2000 Kilometer lang ist. Es wäre ein Wunder, wenn sie das Ziel heute schon erreichen würde. Aber es ist möglich. Alles, was Marchenko über seine Entfernung hatte sagen können, waren »mindestens 50 Kilometer«.

Eva rückt den Rucksack zurecht. Er schneidet tief in ihre Schultern ein. Bisher hat Marchenko diese Last für sie getragen, aber sie braucht die Schmerzen nicht, um sich an ihn zu erinnern. Wohin verschwindet eine Hybrid-KI, wenn ihr Träger stirbt? Sie schüttelt den Kopf. Es hilft ihr nicht, über den Verlust nachzudenken. Sie stellt sich lieber vor, dass er dort hinten auf sie wartet, weil er ihre Hilfe braucht. Sie muss sich selbst retten, um Marchenko retten zu können. Diese Art der Motivation funktioniert für sie selbst am besten.

Sie hat es zwar eilig, aber die Stämme umgeht sie trotzdem vorsichtig. Ohne die kleinen Umwege hätte sie jetzt vielleicht schon 58 Kilometer geschafft. Kinderkram. Eva summt ein Lied, aber die Töne klingen schief. Das muss an der Zusammensetzung der Atmosphäre liegen. Sie hat kein Problem zu atmen, aber der Schall breitet sich anders aus als auf der Erde.

Als ob du wüsstest, wie dein Summen auf der Erde klingt!, würde Marchenko jetzt sagen.

Sie stellt sich vor, dass die Erde so klingt wie ein abgeschlossener Raum mit 21 Prozent Sauerstoff und dem Rest Stickstoff unter einem Druck von 1 bar. Aber vermutlich klingt sie ganz anders. Es reicht ja schon, sich direkt hinter einen der Stämme zu stellen, um dem Pfeifen einen hallenden Unterton zu verleihen. Sie würde die Erde so gern einmal erleben. Der Schöpfer, dieses Arschloch, hat es ihr versagt. Marchenko, das war immer ihre Hoffnung gewesen, würde es hinbekommen. Und nun liegt er als hilfloser Käfer 56 Kilometer hinter ihr. 59, korrigiert sie nach einem Blick auf das Multifunktionsinstrument.

KILOMETER 75. Drei Viertel der Tagesstrecke sind geschafft. Sie wird so lange laufen, bis der Schrittzähler ihr 100 Kilometer bescheinigt, egal, was kommt. Ihre Füße schmerzen jetzt schon. Die starren Stiefel des Raumanzugs sind keine bequemen Wanderschuhe. Eva nimmt den Rucksack ab, stellt ihn auf den Boden und setzt sich darauf. Er enthält nur Konserven, dadurch kann nichts kaputtgehen.

Sie streckt die Beine von sich. Am liebsten würde sie sich an einen der Stämme lehnen, aber das kommt nicht in Frage. Sie hebt den Arm mit dem Multifunktionsinstrument. Die Verletzung von gestern pocht, aber sie stört nicht. Im Gegenteil, sie verbreitet eine angenehme Wärme. Ihren linken Arm betrachtet sie bewusst nicht. Der Ausschlag hat sich bestimmt schon wieder ausgebreitet.

»Marchenko, Marchenko«, schluchzt sie.

Niemand antwortet.

»Marchenko, Marchenko«, wiederholt sie.

Ruh dich aus, Eva, du siehst ja ganz erschöpft aus. Soll ich dich tragen?

»Ja, bitte, das wäre nett.«

Warte, ich nehme dich auf meine Schultern.

Eva dreht sich um, als erwarte sie, den leibhaftigen Marchenko lächelnd zwischen zwei Stämmen hindurchtreten zu sehen. Aber da ist nur das blaugrüne Glühen. Kurz ist sie enttäuscht. Dass sie Selbstgespräche führt, macht ihr trotzdem keine Sorgen. Selbstgespräche sind gesund. Es gibt keinen besseren Gesprächspartner als das eigene Ich, besonders, wenn man allein ist.

»Auf geht's«, sagt Eva.

Sie hebt den Rucksack über den linken Arm und schlüpft in die Riemen. Dann marschiert sie wieder los, in die einzige Richtung, die es hier unten gibt.

Dunkelnacht 74, 3928, Planet Sirius A b

SIE HAT die hundert Kilometer gestern noch geschafft, aber sie hat sich dabei auch die Füße aufgescheuert. Das war nach dem Aufstehen am unangenehmsten gewesen. Eva hatte die provisorischen Verbände von den Wunden zu lösen versucht, es dann aber doch gelassen. Sie wird heute wieder exakt 100 Kilometer marschieren, komme, was wolle.

Der Plan gibt ihrem Leben Struktur. Was heißt ihrem Leben – dem heutigen Tag, das reicht ihr erst einmal. Ihre Träume waren wirr gewesen, aber auch interessant. Sie war selbst Marchenko gewesen und hatte als hilfloser Käfer auf dem eiskalten Boden gelegen, während eine unverschämte Eva sich über sie lustig gemacht hatte. Aber wegen ihrer Lähmung hatte sie diese Eva nicht bestrafen können.

Sie schüttelt den Kopf. Jetzt kommt zweifellos der anstrengendste Teil des heutigen Tages: der erste Schritt.

Eva bewegt den rechten Fuß etwas nach vorn. Sie zögert, bevor sie ihn belastet, denn es ist klar, was nun kommt. Der Schmerz. Tränen schießen ihr in die Augen.

Aber sie steht. Der linke Fuß ist dran. Nach vorn bewegen, auftreten, Schmerz, Tränen.

Nach zehn Metern sind ihre Tränen versiegt. Der Schmerz hält ein paar Kilometer durch, dann verschwindet er hinter einem Vorhang aus Watte.

»Marchenko, Marchenko.«

Es klingt wie eine Beschwörung, nein, es ist eine Beschwörung. Eva versucht noch einmal ein fiktives Gespräch mit ihrem Vater. Sie hat lange überlegt, ob sie überhaupt eine Pause einlegen soll, denn sie fürchtet jetzt schon den ersten Schritt danach. Aber sie muss etwas essen, und ihre Blase drückt.

Ja, ruh dich aus, das ist gut. Warte am besten hier, ich über-nehme den Rest.

Eva lächelt. Das wäre schön.

»Wenn du dazu noch ein paar Sonnenstrahlen organi-sieren könntest«, schlägt sie vor.

Aber natürlich. Für dich mache ich alles möglich.

Marchenko ist der Beste. Eva setzt den Rucksack ab. Dann geht sie hinter einen Stamm, prüft instinktiv, ob sie allein ist, zieht die Hose herunter und pinkelt. Sie säubert sich mit dem letzten Tuch aus der Werkzeugtasche und zieht die Hose wieder hoch. Das Tuch wirft sie weg. Es landet als schwarzer Fleck auf dem Boden. Sie kann doch nicht ... Nein, das geht nicht. Sie hebt es auf und steckt es in eine Seitentasche des Rucksacks. Dann holt sie eine Dose heraus, öffnet sie, setzt sie an und lässt den kalten Inhalt langsam in ihren Mund rinnen.

Es ist egal, was es ist. Das Zeug kommt aus der Gros-nopf-Küche, nichts davon schmeckt, aber es liefert alles, was sie für die nächsten hundert Kilometer braucht. Das ist der Plan. Laufen, laufen, laufen, bis der Proviant alle ist, dann weiterlaufen und irgendwann tot umfallen. Marchenko wird sie auffangen. Er ist immer bei ihr.

Ich bin immer bei dir.

Langsam dreht sie durch.

89 KILOMETER, mehr geht einfach nicht. Das sind 312 Kilometer oder mehr als eine halbe Million Schritte, vom Shuttle aus gerechnet. Eva wirft den Rucksack von sich und setzt sich so auf den Boden, dass ihr Rücken einen der Stämme berührt. Dass er dadurch stirbt, ist ihr egal. Sie stirbt auch gleich.

Eva beugt sich nach vorn und greift nach ihrem rechten Stiefel, doch dann hält sie inne. Sie fürchtet sich vor dem Anblick ihrer Füße. Zuletzt hatte sie das Gefühl, ständig in ihrem eigenen Blut zu laufen. Wenn sie die Stiefel auszieht, wird sie es morgen nicht mehr schaffen, sie wieder anzuziehen. Dafür ist sie nicht mehr stark genug. Die Kraft, die sie heute morgen noch gespürt hat, ist aufgebraucht.

»Marchenko, Marchenko.«

Ob die Beschwörungsformel noch funktioniert?

»Marchenko, Marchenko«, antwortet eine Stimme in ihrem Kopf.

Sie reißt den Helm herunter.

»Marchenko, Marchenko«, sagt sie.

Keine Antwort. Sie hebt den Helm so an ihr Gesicht, dass sie in das in der Nähe des Kinns eingebaute Mikrofon spricht.

»Marchenko, Marchenko«, sagt sie dann.

»Marchenko, Marchenko«, tönt es leise aus den integrierten Kopfhörern.

Eva versucht etwas anderes: »SOS. Marchenko hier. Wir sind abgestürzt und brauchen Hilfe. SOS.«

Das ist der magische Satz, den sie vor sechs Tagen gemeinsam mit Marchenko als Echo gehört hat.

»SOS. Marchenko hier. Wir sind abgestürzt und brauchen Hilfe. SOS.«

Das Echo ist wieder da! Es muss dieselbe Quelle sein. Eva springt auf und stürzt gleich wieder mit schmerzverzerrtem Gesicht zu Boden. Mühsam bringt sie sich erneut in eine sitzende Position. Die Reichweite des Helmfunks ist begrenzt. Zwei, vielleicht drei Kilometer, weiter reicht er nicht. Das Ziel muss ganz in der Nähe sein.

Eva dreht sich um. Gut, dass sie die Stiefel noch nicht ausgezogen hat. Sie zieht sich an dem Stamm nach oben. Ihre Finger greifen in das weich gewordene Material seiner Außenhaut. Sie dankt dem Stamm lautlos für seine Hilfe. Dann steht sie wieder. Der Rucksack liegt drei Schritte entfernt. Eins, zwei, drei. Sie hat entsetzliche Schmerzen, aber sie schafft es. Eva greift nach den Riemen. Doch der Rucksack ist plötzlich so schwer geworden, dass sie ihn nicht mehr anheben kann.

Eva dreht sich in die Richtung, in die sie laufen muss. Der Rucksack bleibt hier. Wahrscheinlich braucht sie ihn nicht mehr. Sie hat zwar keine Ahnung, was da auf ihre Funkrufe antwortet, aber es benutzt ihre Sprache. Und wenn es nun irgendein Wesen hier gibt, das verirrte Wanderer anlockt, um sie zu verspeisen? Aber das ist Unsinn. Jedes Ökosystem hat seine Regeln. So ein Wesen würde nicht hierherpassen.

Sie marschiert los, ein Schritt nach dem anderen. Die Schmerzen vergehen nicht mehr so schnell wie heute morgen. Sie verschwinden gar nicht, im Gegenteil, sie verstärken sich. Eva läuft auf Glasscherben. Aber sie läuft. Sie läuft und läuft. Nichts kann sie aufhalten. Nichts darf sie aufhalten, denn wenn sie stürzt, wird sie nicht mehr auf die Füße kommen.

Dann fällt sie. Eva nähert sich in Zeitlupe dem Boden. Sie sieht den Stumpf eines Stammes, den sie unterschätzt hat. Eine späte Rache. Sie kann es ihm nicht übelnehmen. Ihre Knie und ihre Ellbogen fangen den Sturz ab. Es ist gar nicht so übel, in dieser Haltung zu verharren. Die Schmerzen in den Füßen treten in den Hintergrund. Der Überblick geht verloren, aber wenn es nur eine Richtung gibt, ist Überblick überbewertet. Eva kriecht auf allen Vieren weiter.

»Marchenko, Marchenko«, sagt sie.

Sie braucht jetzt eine Stimme, die sie führt.

»Marchenko, Marchenko«, antwortet das Echo per Funk.

Eva legt eine kurze Pause ein und prüft ihr Multifunktionsinstrument. Es kann ihr aber auch nicht sagen, wie weit die Quelle des Funkspruchs entfernt ist. Weiter. Ihre Handflächen und ihre Knie brennen schon, aber im Vergleich zu den Schmerzen in den Füßen ist das einfach auszuhalten. Weiter. Ausgerechnet jetzt meldet sich ihr Magen. Der Inhalt der Dose, die sie vor ein paar Stunden in sich hineingeschüttet hat – oder waren es Jahre? – will wieder hinaus. Sie ignoriert die Krämpfe. Weiter, immer weiter, doch dann schafft sie es nicht mehr. Etwas sprengt ihren Schließmuskel, aber es ist nicht unangenehm, nur befreiend, wie einen eitrigen Pickel endlich zu öffnen. Alles andere ist egal.

»Marchenko, Marchenko«, beschwört sie ihr Ziel.

Wenn Marchenko ihr doch nur entgegengerannt käme. Er könnte sie tragen wie ein Baby, wie er es früher getan hat. Aber sie hat ihn als hilflosen Käfer zurückgelassen.

»Marchenko, Marchenko!«, ruft sie noch einmal.

Warum antwortet das dämliche Echo nicht? Hat es

bloß mit ihr gespielt? Sie sieht nach vorn, aber da sind nur Stämme, Stämme und nochmals Stämme.

»Wo bist du, verdammtes Ding?«, schreit sie.

»Wo bist du, verdammtes Ding?«, schreit es zurück.

Sie verfolgt eine Einbildung, ein Echo. Es ist zwar nicht möglich, aber so muss es sein. Wenn es sich nicht sogar um ein Produkt ihrer Einbildung handelt. Sie war so dumm. Gut, das ist geschenkt, aber auch Marchenko war nicht klüger als sie. Wie konnte er sie so im Stich lassen? Ihre Gedanken laufen Amok. Sie stoßen Marchenko um und lachen über das hilflose Insekt. Sie ist dabei, durchzudrehen. Nein, sie ist schon einen Schritt weiter.

In diesem Moment macht es »klong.«

Eva braucht eine halbe Minute, um die Quelle des Geräuschs, ihren Helm, und seine Ursache, den Zusammenstoß mit einem metallenen Landebein, herauszufinden.

Sie sieht auf. Vor ihr steht das, wie heißt es doch gleich?

Wie heißt es doch gleich?

Wie heißt es doch gleich?

Evas Kopf ist eine Matschbirne. Ihr ist heiß. Wahrscheinlich fiebert sie.

»Messenger«, sagt sie laut.

»Messenger«, antwortet das Echo.

Es gibt eine kurze Leiter, da, an der Seite. Sie kriecht hin. Mit den Armen zieht sie sich an den Sprossen hoch. Sie versucht, auch die Beine einzusetzen, aber sie weigern sich. Die Kraft in ihren Armen muss reichen. Dort oben, das dunkle Loch, das ist die Schleuse. Ihre Rettung. Sie steht offen. Es sind nur wenige Stufen. Es ist zwar sowieso nur eine Einbildung ihres Fieberwahns, aber Eva hat lange nicht so schön geträumt. Sie zieht sich an den Sprossen hoch. Es wird dunkel, weil sie die Augen schließt. Sie spart sämtliche Energie für die Armmuskeln. Und eins, und zwei, und drei, und vier, und fünf, und sechs. Eine Stufe kratzt über ihren Bauch. Sie bewegt sich waagerecht. Der Boden ist von einer dünnen Sandschicht bedeckt, darüber ist Metall. Vor ihr ein rotes Licht. Sie kriecht darauf zu, streckt sich, um es zu erreichen. Ihr Arm ist nicht lang genug. Noch ein bisschen. Jetzt. Klick.

Sie sinkt in sich zusammen und verliert das Bewusstsein.

Dunkelnacht 75, 3928, Planet Sirius A b

EVA ERWACHT, weil sie den Gestank nicht mehr erträgt. Sie bewegt eine Hand, um den Geruch zu verscheuchen, und plötzlich strahlt ein tödliches Licht auf sie ein, dessen unendliche Helligkeit sie binnen weniger Sekunden zu Staub verbrennen wird.

Sie bleibt ganz ruhig liegen, aber sie stirbt nicht. Ihre Augen, die länger als eine Woche nur das blaugrüne Leuchten gesehen haben, adaptieren sich. Sie befindet sich in einer Schleuse. Die Messenger! Sie muss es in das dunkle Loch geschafft haben. Allerdings erinnert sie sich nicht mehr daran. Sie sieht Marchenko als hilfloses Insekt vor sich, dann zieht ihr Gedächtnis den Vorhang zu.

Aber warum stinkt es hier so? Es ist eine Mischung aus Scheiße, Blut und verrottendem Fleisch. Eva atmet hechelnd, weil der Geruch ihr sonst Übelkeit verursacht. Sie schafft es, sich einmal um sich selbst zu drehen. Offenbar ist sie allein in der Schleuse. Kein Marchenko, der sie gerettet hat. Der Gestank muss von ihr selbst ausgehen. Sie schluckt.

»Marchenko?«, fragt sie.

Vielleicht trügt das Bild des toten Käfers ja doch. Er hat bestimmt nur darauf gewartet, dass sie erwacht.

»Marchenko?«, antwortet eine Stimme aus der Wand.

Das Echo. Die Erinnerung ist zurück. Dieser Stimme ist sie gefolgt. Wem gehört sie? Eva geht auf die Knie. So erreicht sie den Öffnungsknopf der inneren Schleusentür. Er leuchtet bereits grün, also hat der Druckausgleich schon stattgefunden, während sie schlief. Die Tür öffnet sich. Eva kriecht über die niedrige Stufe.

Sie hat tatsächlich die Messenger erreicht. Ihre Erinnerung an das Schiff, das sie nach Einsonne transportiert hat, ist nur noch bruchstückhaft. Aber es ist kein Zweifel möglich. Die Puzzleteile, die sie noch hat, passen alle. Sie zieht sich hoch auf ihren Sitz, saugt gierig an dem Wasserschlauch daneben und streckt die Beine aus.

Nur noch schlafen, das wäre gut.

Aber der Gestank verfolgt sie. Sie lässt sich wieder von der Liege gleiten und kriecht zur Dusche. Davor zieht sie sich nackt aus. Ihr Körper ist ein Schlachtfeld. Sie darf nicht zu lange hinsehen, sonst wird ihr schlecht. Ihre komplette Kleidung schiebt sie in die Schleuse und schließt die Tür. Dann kriecht sie unter die Dusche und lässt das Wasser laufen. Nach drei Minuten wird die Luft besser. Nach zwanzig Minuten lösen sich die Krusten, die sich in und um Körperöffnungen und Gelenke gebildet haben. Die Dusche schluckt alles. Nach fünfundvierzig Minuten kühlt sich das Wasser merklich ab, und sie verlässt die Dusche als neuer Mensch.

Nein, neu wäre übertrieben. Sie schafft es nicht, sich auf ihre Füße zu stellen. Wo sind die Verbände? Auf allen vieren kriecht sie durch die Kabine, bis sie den Medizinschrank findet. Sie verbindet sich selbst, immer wieder fluchend, dass ihr niemand dabei hilft. Die seltsame

Stimme wiederholt ihre Flüche, bis Eva davon genervt ist und nur noch in Gedanken flucht.

IRGENDWANN SPÄTER ERWACHT Eva in einem Trainingsanzug auf ihrer Liege. Sie muss es selbst geschafft haben, sich anzukleiden, denn außer ihr ist niemand hier. Sie versucht aufzustehen und bricht neben der Liege zusammen. Kein Problem. Der aufrechte Gang wird überbewertet. Auf Knien durchsucht sie die Landekapsel. Im hinteren Teil gibt es eine schmale Tür. Sie öffnet sie und stößt auf J.

J, der sie als Kinder betreut hat, der mit ihnen gespielt hat. Sie hatten erst später verstanden, dass er nur eine Hülle für Marchenko gewesen war. Eva zieht sich an ihm hoch. J sieht aus wie in ihrer Erinnerung. Er ist allerdings etwas verstaubt. Und er rührt sich nicht und reagiert auf keinerlei Fragen.

Alles, was sie bekommt, ist ein Echo.

Es muss mit dem Computer zu tun haben. Sie kriecht nach vorn, zieht die Tastatur aus der Ablage und loggt sich ein. Ihre Zugangsdaten funktionieren! Offenbar hat der Schöpfer allen Adams und Evas die gleichen Logins zugeteilt. Sie wechselt in die Hauptebene. Die Menüstrukturen, die sie kennt, sind noch da. Aber was sie auch versucht, sie bekommt keine vernünftigen Antworten. Alle höheren Funktionen der Steuerung scheinen außer Kraft gesetzt. Es gibt keine Logdateien, die über den Verbleib der Mannschaft Auskunft geben. Auch ihr persönlicher Speicherbereich ist leer. Eva weiß genau, dass sie darin ihre Lieblingsbücher und -musik und ihr Tagebuch abgelegt hatte. Nichts davon ist zu finden. Die Software wirkt komplett jungfräulich, als hätte man sie gerade erst auf diesem System installiert.

Wenn die Messenger nun ein ähnliches Gewitter überstehen musste wie sie? Die Blitze haben Marchenko komplett außer Gefecht gesetzt. Das Raumschiff ist sicher robuster, aber Elektronik ist nie ganz unempfindlich gegenüber Strahlung. Man behilft sich damit, dass man besonders wichtige Teile der Programmierung auf Nur-Lese-Speichern installiert, die auf einer anderen Technologie basieren. Das Basis-Betriebssystem der Messenger arbeitet. Es erzeugt Energie, betreibt die Lebenserhaltung und den Nahrungssynthetisator.

Aber alle höheren Funktionen scheinen verlorengegangen zu sein. Das System reagiert nicht mehr auf Sprachbefehle, es kann sicher auch keine Flugrouten berechnen oder Auskunft über seine Mannschaft geben. Es ist ein Neugeborenes, das ein ganzes Raumschiff betreuen muss. Es wird also Hilfe brauchen, wenn Eva es zu irgendeiner sinnvollen Aktion bewegen will.

Eva streicht mit der Hand über den Boden, sodass ein Muster entsteht. Ihre Knie sind grau von Staub. Der Adam und die Eva, die in diesem Messenger-Schiff aufgewachsen sind, müssen es irgendwann verlassen haben. Nach der Dicke der Staubschicht zu urteilen schon vor zehn Jahren oder mehr. Und was ist mit Marchenko? J, seine äußere Hülle, steht in der Kammer. Eva stellt sich vor, wie die Messenger vor langer Zeit das Sirius-System erreicht hat. Der einzige Planet – ein heißer Gesteinsbrocken. Dann finden Adam, Eva und deren Marchenko die Spalten, in denen lebensfreundliche Bedingungen herrschen. Sie haben kein anderes Ziel, also landen sie.

Sie sind angekommen. Es ist nicht die Erde, aber man kann atmen, und es gibt genügend Ressourcen. Sie hätten es schlimmer treffen können.

Doch dann kommt ein Gewitter. Adam und Eva überleben vielleicht, aber der Speicher der Messenger wird gelöscht – und mit ihm Marchenkos Persönlichkeit, eine Hybrid-KI, die ständig wächst und sich schon deshalb nicht auf einem unveränderteren Speichermedium sichern lässt. J ist zwar noch physisch vorhanden, doch er verwandelt sich in eine Statue, und die Messenger selbst wird zum Echo. Wie hätte sie an dieser Stelle gehandelt?

Aber es ist müßig, darüber zu grübeln. Sie hat vorhin an den Nahrungssynthetisator gedacht, und schon bekommt sie Appetit. Da steht die Maschine! Eva kriecht hin. Ein blinkender grüner Knopf zeigt, dass sie einsatzbereit ist. Sie drückt ihn.

»Bitte warten«, erscheint auf dem Bildschirm, während ein Balken nach rechts wächst.

Das könnte das Ergebnis eines weiteren Zurücksetzens durch ein Gewitter sein. Hoffentlich funktioniert die Maschine noch! Da blinkt der Schirm auf. Sie kann zwischen Speisen und Getränken wählen. Eva drückt das Speisensymbol.

»Basismodus. Bitte legen Sie einen Rezeptspeicher ein.«

Sie hat keinen Scheißrezeptspeicher. Enttäuscht klickt sie die Meldung weg. Ein Alphabet erscheint. Es funktioniert trotzdem! Die Maschine muss auch im Basismodus eine Reihe Rezepte beherrschen. Eva probiert es mit A. Keine Ergebnisse. B, C, D, E – keine Ergebnisse. Immer ärgerlicher tippt sie sich bis zum P durch.

»Bitte wählen:

Pirogen

Pizza

Popcorn

Pommes Frites.«

Wunderbar! Kein Grosnopf-Brei mehr, sondern echte

Nahrung! Eva wählt Pizza, und acht Minuten später schiebt sich eine dampfende Pizza Margherita aus dem Ausgabeschlitz.

Sɪᴇ ʜä-ʜᴀᴛᴛᴇ die Pizza nicht so schnell hinunterschlingen sollen. Eva schafft es gerade noch auf die Toilette. Aber es hat sich gelohnt. Der Geschmack war einfach umwerfend gewesen. Und nun? Sie setzt sich auf ihre Liege und zieht die manuelle Steuerung heran. Dann startet sie einen Systemtest. Die Messenger scheint wie neu. Alle Systeme sind wohlauf.

Die Treibstofftanks sind allerdings bei 23 Prozent. Das Schiff beantwortet ansonsten keine Fragen. »Das kann ich nicht tun«, ist die Standardantwort. Niemand kann ihr also sagen, ob 23 Prozent für einen Start von Francesca ausreichen. Aber sie hat auch keine andere Wahl. Das Funkgerät arbeitet zwar, aber damit dringt sie genausowenig zur Majestätischen Dracht durch wie vom Shuttle aus.

Eva hat noch nie ein Raumschiff gestartet.

Oh doch, würde Marchenko einwerfen, *du hast es geschafft, die Majestätische Dracht auf Kollisionskurs zu bringen.*

Aber auch damals hatte sie nicht die Kontrolle besessen. Jetzt hat sie sie. Marchenko hat damals zwar mit ihnen geübt, die Messenger zu steuern. Aber das ist viele Jahre her.

Ich weiß, du schaffst das, würde er jetzt sagen.

Wahrscheinlich. Die Chance besteht zumindest. Aber dafür muss sie Marchenko zurücklassen. Sie schafft es auf keinen Fall, seine leere, aber trotzdem schwere Hülle herzuschleppen.

Lass mich, würde Marchenko sagen, *bring dich selbst in Sicherheit.*

Gerade deshalb fällt es Eva so schwer. Sie kann es nur rechtfertigen, wenn sie sich sagt, dass Marchenko schon lange nicht mehr hier ist. Dass das Gewitter sein Bewusstsein ausradiert hat. Dass sie ihm auch nicht hilft, wenn sie sich selbst in Gefahr bringt. Denn ewig Zeit hat sie nicht. Die Majestätische Dracht wird ihre Reise fortsetzen. Sie ist schon viel zu lange unterwegs.

»ZÜNDUNG!«

Eva kontrolliert noch einmal den Sicherheitsgurt, dann drückt sie den Startknopf. Die Messenger erzittert. Ein dumpfes Grummeln steigt von unten auf, geht ihr durch Mark und Bein. Dann drückt sie eine urtümliche Kraft auf ihre weiche Liege. Das Schiff startet.

Die Messenger vollbringt Schwerstarbeit. Sie arbeitet sich durch dichte Luftschichten. Der Treibstofftank leert sich zusehends. Längst ist sein Inhalt unter 15 Prozent gefallen, und sie haben nicht einmal die Spalte verlassen. Das Triebwerk kann in dem engen Raum nicht mit voller Leistung feuern, weil sonst die Ausrichtung des Schiffes zu schwierig wird. Würden sie mit den Wänden kollidieren, wäre ein imposantes Ende in einem Feuerball die Folge. Eva hält den Joystick so gerade, wie sie nur kann. Immer wieder führt sie leichte Ausgleichsbewegungen durch.

Dann scheint die Sonne in die Kabine. Sie hat es geschafft! Endlich kann sie mehr Leistung aus dem Triebwerk herausholen. Die Beschleunigung drückt auf ihre Brust, aber das ist einfach zu ertragen. Am Bullauge sind elektrische Entladungen zu erkennen. Die Außenhaut erhitzt sich, aber in zu erwartendem Ausmaß.

Es ist kaum zu fassen. Alles geht glatt. Sollte diese ungeplante Reise doch noch ein gutes Ende finden? Sie hat zwar Marchenko verloren, aber sie hofft noch, dass es an Bord der Majestätischen Dracht eine Sicherheitskopie seines Bewusstseins gibt. Er wird ihr dankbar sein, wenn sie ihn mit seinem alten Roboterkörper J wiedervereinigt.

»Majestätische Dracht an unbekanntes Raumfahrzeug, bitte identifizieren Sie sich.«

Es ist das Allwissen. Eva beeilt sich, den Empfang zu quittieren.

»Hier ist Eva an Bord der Messenger«, sagt sie. »Ich bin so froh, wieder an Bord zu kommen.«

»Ich erkenne dich«, sagt das Allwissen. »Was ist mit Marchenko?«

»Er hatte einen Unfall.«

»Es tut mir leid.«

»Was tut dir leid?«

Marchenkos Unfall, wird das Allwissen sagen.

»Dass ich dich nicht an Bord lassen kann«, sagt das Allwissen.

»Wie bitte?«

»Der Ausschlag. Oder bist du kuriert?«

»Ich ... Ich war geheilt.«

»Du sprichst in der Vergangenheit.«

Eva betrachtet ihren linken Arm. Der Ausschlag durchmisst schon wieder zwanzig Zentimeter. Es hat keinen Sinn, das Allwissen zu belügen. Sie kann es nicht verbergen.

»Ja, seit ein paar Tagen wächst er wieder. Aber durch Bestrahlung mit hohen UV-Dosen bildet er sich zurück.«

»Das erfüllt nicht die Definition einer Heilung«, sagt das Allwissen.

»Wessen Definition?«

»Meiner. Nur diese Definition zählt.«

Es hat keinen Sinn, mit dem Allwissen zu streiten. Es

ist für tausende Grosnopfe verantwortlich. Eine Seuche auf das Schiff zu lassen, ist keine Option.

»Nun gut. Willst du vielleicht mit Gronar darüber sprechen? Bitte.«

»Einverstanden. Ich werde den General wecken. Er hat zu euch eine persönliche Beziehung aufgebaut und wird euch selbst sagen wollen, dass sich unsere Wege an dieser Stelle trennen müssen.«

»Natürlich.«

Dunkelnacht 76, 3928, Planet Sirius A b

Evas Kopf platzt gleich. Der Nahrungsbereiter hat genau zwei Getränkerezepte gespeichert: für Bier und für Wodka. Eva hat sich an den Wodka gehalten. Weder Bier noch Wodka schmecken ihr, aber durch den höheren Alkoholgehalt wird sie schneller betrunken.

Es ist aber auch widersinnig. Sie hat es geschafft, der Spalte zu entkommen, um dann an der Grosnopf-Bürokratie zu scheitern. Das ist geradezu tragisch. Nur schade, dass nie jemand ihre Geschichte erfahren wird. Was wird das Allwissen Adam erzählen, wenn er das nächste Mal erwacht?

Eva robbt zum Nahrungssynthetisator. Das Gerät meldet, dass seine Kohlenstoffvorräte erschöpft sind. Sie holt Nachschub. Die Nanofabrikatoren in der Maschine setzen Atome zu Molekülen zusammen. Sie sind beinahe zu allem fähig, deshalb unterliegen sie auf der Erde auch strengen Beschränkungen.

Zu allem? Eva erinnert sich, wie Marchenko sie mal mit der Hilfe von ein paar Fabrikatoren geheilt hat. Sie brauchen bloß das richtige Rezept! Warum ist sie nicht gleich darauf gekommen? Sie springt auf ihre Liege und funkt das Allwissen an.

»Eva hier. Du musst unbedingt die Sicherheitskopie von Marchenko aktivieren.«

Das ist ein Schuss ins Blaue.

»Ungern«, sagt das Allwissen. »Er wird versuchen, mich davon zu überzeugen, dich trotz deiner Krankheit an Bord zu holen.«

Tatsächlich existiert also ein Backup des Marchenko-Bewusstseins. Sie hat es gewusst!

»Nein, er kann mich vielleicht heilen«, sagt Eva.

»Ich muss mir das überlegen. Moment«, sagt das Allwissen, und die Verbindung bricht zusammen.

Mist. Sie hat noch nicht einmal ihre Argumente aufzählen können. Das Allwissen wird sicher nichts davon wissen wollen. Andererseits hatte es sich mit Marchenko nach dessen Angaben recht gut verstanden.

»Eva? Marchenko hier. Was machst du denn so allein da draußen? Ich muss lange und tief geschlafen haben.«

»Was ist das letzte, an das du dich erinnerst?«

»Das Allwissen hat mir erlaubt, mit dem Shuttle und dir an Bord die Majestätische Dracht zu verlassen. Aber jetzt bin ich hier, ohne meinen Körper, und du steckst ohne mich in einem Messenger-Landemodul.«

»Inzwischen ist einiges passiert. Das Allwissen kann es dir erzählen. Aber jetzt brauche ich erst einmal deine Hilfe.«

»Du weißt, Eva, dass du immer auf mich zählen kannst.«

»Das weiß ich. Hier an Bord gibt es einen Nahrungssynthetisator.«

»Den habe ich selbst bauen lassen.«

»Er arbeitet mit Nanofabrikatoren.«

»Genau. Das hat alles seine Richtigkeit, außerhalb der

Erde sind sie zugelassen. Leider verfügen wir auf der Dracht über keine mehr. Auf Einsonne waren sie wirklich praktisch.«

»Ich habe mich gefragt, ob diese kleinen Maschinen nicht meinen Ausschlag ein für allemal aus der Welt schaffen können. Du müsstest sie doch so programmieren können, dass sie anstelle der defekten Zellen solche nach dem Originalbauplan meiner DNS herstellen können.«

»Stimmt, das ist möglich. Es wäre nicht legal, aber wer soll uns dafür bestrafen?«

»Das wäre ja wunderbar.«

»Es hat allerdings einen Nachteil, den ich dir nicht verschweigen darf.«

»Werde ich dann zum Cyborg? Darf ich die Erde nie wieder betreten? Mit beidem könnte ich leben.«

»Nein, Eva. Ich kann dir nicht garantieren, dass die Nanofabrikatoren sich anschließend noch für die Nahrungsherstellung eignen.«

»Oh nein, das heißt, ich muss weiter diesen Grosnopf-Fraß essen? Dann behalte ich den Ausschlag lieber.«

»Ist das dein Ernst?«

»Natürlich nicht! Das war ein Witz. Ich will diesen Ausschlag lieber so schnell wie möglich loswerden. Allein hier draußen, das ist ziemlich öde und anstrengend.«

»Ich freue mich, dass du mich vermisst. Du musst mir unbedingt erzählen, was wir zusammen erlebt haben.«

»Das werde ich. Beim aktuellen Kurs müsste ich in drei Tagen die Majestätische Dracht erreichen.«

»Darf ich dich auch noch etwas fragen, Eva?«

»Natürlich.«

»Was ist mit Francesca geschehen? Ich erinnere mich, dass sie mir geholfen hat, dich von der Dracht herunter an Bord des Shuttles zu bringen.«

»Da gibt es leider ein kleines Problem. Sie hat sich auf

dem Planeten von Sirius A abgeschaltet, damit wir Energie sparen konnten. Wir hatten vor, sie dann später abzuholen, aber dazu ist es nicht mehr gekommen, denn ich habe erst dich eingebüßt und später beinahe mein Leben. Wenn du willst, drehe ich mit der Messenger um und schaue nach ihr.«

»Nein, Eva. Wenn ich es richtig sehe, wird bei deinem Schiff der Treibstoff knapp. Du hast getan, was du tun konntest.«

»Gibt es denn von ihr kein Backup, so wie von dir?«

»Leider nicht. Ich habe sie heimlich in einem geschützten Speicherbereich aktiviert und dann in meinen alten Körper übertragen. Ich hielt ihn für robust genug, so einen Ausflug zu überstehen.«

»Sie hat uns da unten sehr geholfen«, sagt Eva, »und sie hätte ihr Leben für Adam und mich gegeben.«

»Ich weiß«, sagt Marchenko. »Francesca war eine relativ simple KI, aber in dem, was sie konnte, war sie sehr effektiv. Ich werde sie vermissen. Eigentlich hatte ich gehofft, ihr noch etwas beibringen zu können.«

Dunkelnacht 77, 3928, Planet Sirius A b

»Du öffnest den Synthetisator an der Rückseite. Siehst du den Griff?«

Eva rückt das schwere Gerät etwas zur Seite. Seine Rückseite besteht aus braunem Plastik. Links unten erkennt sie einen Griff. Sie zieht daran.

»Nicht daran ziehen«, sagt Marchenko.

»Ups«, sagt sie.

»Haha, das dachte ich mir schon. Natürlich sollst du daran ziehen. Hole ihn ganz heraus, aber halte ihn dabei gerade.«

Sie zieht den Griff weiter heraus. Ein langes, dünnes Rohr kommt zum Vorschein. Sie hebt es vorsichtig an.

»Die Kapsel mit den Fabrikatoren befindet sich am Ende des Rohrs«, erklärt Marchenko. »Sie erinnert an eine silberne Murmel. Um sie herauszunehmen, musst du die Kappe abnehmen, die das Rohr verschließt. Aber sei vorsichtig, die Kugel ist dann frei. Lass sie nicht fallen.«

Eva hebt das Rohr über die Maschine. Sie hat sich heute Morgen noch mit Pizza gestärkt und einen größeren Popcornvorrat angelegt, der mindestens zwei Wochen

reichen müsste. Außerdem hat sie zwei Liter Wodka abge-
füllt. Bier wird leider zu schnell schal. Sie hält das Rohr mit
links und öffnet die Kappe mit der rechten Hand, wobei
sie die Handfläche unter das Ende hält. Prompt kommt die
silberne Kugel herausgerollt und fällt ihr in die Hand.

»Aua!«, ruft sie. »Das Ding ist heiß!«

Aber sie lässt es trotzdem nicht los.

»Heiß wird die Kapsel eigentlich erst, wenn der
Synthetisator länger als drei Stunden läuft«, sagt
Marchenko.

»Er lief die ganze Nacht«, sagt Eva.

»Ah, ja, dann ist die Kugel heiß. Jetzt kommt der wich-
tigste Teil.«

»Ich höre.«

»Du musst deine Haut in der Mitte des Ausschlags
aufritzen, und zwar so tief, dass die Nanofabrikatoren wirklich hineingelangen können. Sie sind zwar in der Lage, sich
zu bewegen, aber insbesondere Hautschichten halten sie
ziemlich effizient auf. Da hat die Evolution gute Arbeit
geleistet. Traust du dir das zu?«

»Meine Haut einen halben Zentimeter tief aufschneiden, klar. Und dann?«

»Dann streust du die Fabrikatoren über die Wunde.«

»Wie, streuen?«

»Die Kugel sieht nicht so aus, aber sie enthält dünne
Poren. Wenn du die Kugel schüttelst, verlassen die Fabrik-
toren sie durch diese Löcher.«

»Tut das weh?«

»Vom Eindringen der Nanomaschinen merkst du
nichts. Aber der Schnitt …«

»Logisch. Sonst noch etwas?«

»Danach verbindest du den Schnitt fachmännisch. Das
habe ich dir selbst beigebracht.«

»Natürlich, Marchenko. Ich fange dann mal an.«

DAS SKALPELL richtig tief in die Haut zu stechen ist schwieriger als gedacht. Eva beißt die Zähne zusammen. Aber gegen den Schmerz in ihren Füßen ist der Schnitt erträglich. Sie nimmt die inzwischen kalte Kugel zur Hand und schüttelt sie ein paarmal über der Wunde aus. Zu sehen ist nichts, aber es wird schon seine Richtigkeit haben. Sie nimmt das Verbandszeug und versorgt sich.

So. Jetzt braucht der Versuch bloß noch zu funktionieren. Marchenko hat die zusätzliche Programmierung bereits in der Nacht per Funk vorgenommen. Sie steckt die Kugel zurück in das Rohr und führt es in den Synthetisator ein. Dann startet sie die Maschine.

»Keine Rohstoffe«, meldet das Programm.

Schade. Marchenko hat sie zwar gewarnt, aber sie hatte gehofft, er möge zumindest in dieser Frage unrecht haben. Wie lange wird es dauern, bis die Nanomaschinen sie umgebaut haben? Zu wissen, dass gerade jemand an ihrer DNS hantiert, macht sie nervös, auch wenn alles ganz sicher sein soll. Aber warum ist es dann auf der Erde verboten?

»Bekommst du schon Schuppen?«, fragt Marchenko.

»Schuppen? Wie ein Fisch? Warum sagst du das nicht vorher?«

»Reingefallen!«

»Ich habe ein Problem«, unterbricht sie das Allwissen.

»Was ist los?«, fragt Marchenko.

»Die Majestätische Dracht beschleunigt.«

»Dann bremse sie.«

»Das kann ich nicht. Der Antrieb reagiert nicht auf meine Befehle.«

Nachwort

Liebe Leserinnen und Leser,

ich bin wirklich erleichtert, dass wir gemeinsam mit Eva und Marchenko eine zumindest vorübergehende Lösung erreicht haben. Sie müssen wissen, dass ich beim Schreiben nie ganz genau weiß, was meine Protagonisten denn so vorhaben. Eigentlich hatte ich für Marchenko und Francesca diesmal zum Beispiel eine ganz andere Rolle vorgesehen: Ich hatte vermutet, dass Marchenko sich so sehr auf die seine Francesca verkörpernde KI fixieren würde, dass er seine Aufgaben vernachlässigt und Eva die eigentliche Hauptrolle übernehmen muss. Aber dann entwickelte Eva plötzlich diesen Ausschlag, der mich genauso überrascht hat wie Marchenko und das Allwissen. Und Francesca erwies sich als deutlich weniger ausgereift, als es die im Proxima-Logbuch 2 geschilderte, jahrelange Arbeit des anderen Marchenko an ihr vermuten ließ.

Was heißt das für die Zukunft der Majestätischen Dracht? Fakt ist, dass der Dunkle-Materie-Antrieb versagt. Oder nein, er funktioniert plötzlich zu gut. Warum? Wenn Sie eine Idee haben, schreiben Sie sie mir gern per E-Mail. Ich habe zwar einen vagen Verdacht, aber genau weiß ich es selbst noch nicht.

Und Francesca? Sie ist auf dem Planeten zurückgeblieben. Vielleicht wird sie sich einsam und verlassen fühlen. Womöglich macht sie auch eine Entwicklung durch wie einst Siri unter der Obhut von Watson (Sie erinnern sich?), für die es eigentlich an der Zeit für ein Wiedersehen wäre. Aber es wäre auch möglich, dass Francesca einfach das kompetente Steuerungsprogramm für alles bleibt, was fliegt. Letztlich wird es Francesca selbst entscheiden, nicht ich. Das ist die Freiheit, die ich meinen Protagonisten gern lasse.

Wie immer, kann ich Sie nur ungern gehen lassen, ohne auf die Möglichkeit einer Rezension hinzuweisen. Leser-Besprechungen ermöglichen es erst, dass andere ein Buch im Shop finden. Hier geht es lang:

hardsf.de/links/1277426

Das nächste (und noch lange nicht das letzte) Proxima-Logbuch 4 heißt »Runaway«. Sie können sich ja schon vorstellen, was da gerade davonläuft. Aber am Ende ist natürlich doch wieder alles ganz anders.

Das Proxima-Logbuch 4 können Sie hier vorbestellen: hardsf.de/links/1388318

Wenn noch nicht geschehen, tragen Sie sich auch gern in meinen Newsletter ein: hardsf.de/fortsetzung/

Natürlich gibt es auch wieder eine kleine Biografie im Anhang – diesmal sehen wir uns das Sirius-System genauer an.

Bücher von Brandon Q. Morris

Die dunkle Quelle

Nach zwölf Jahren Funkstille empfangen Wissenschaftler plötzlich Informationen vom Kometen 67P. Der Lander, der dort abgesetzt wurde, galt eigentlich als defekt. Seine rätselhaften Botschaften beschäftigen bald Forscher in aller Welt. Von ihren zunächst sensationellen, dann aber beängstigenden Erkenntnissen motiviert, entschließt sich die NASA, ein bemanntes Raumschiff zu dem Kometen zu schicken.

Doch die Verbindung zu den drei Astronauten bricht ab – und niemand kann die dunkle Gefahr, die auf die Erde zukommt, jetzt noch stoppen …

3,99 € – hardsf.de/links/1090402

Amphitrite

Seit Jahren suchen Astronomen nach einem Planeten jenseits der Neptunbahn. Immer wieder finden sie Indizien – aber der schlagende Beweis, die Beobachtung, schlägt fehl.

Die vier Astronauten an Bord der Ganymed Explorer suchen keinen wissenschaftlichen Ruhm. Sie brauchen nichts weiter als

einen sicheren Unterschlupf, so weit von jeglicher Zivilisation entfernt wie nur möglich. Dass ausgerechnet sie einen bisher unbekannten Planeten aufspüren, erscheint ihnen praktisch. Neugierig, geradezu freudig landen sie; Angst zu haben kommt ihnen nicht in den Sinn. Denn sie wissen noch nicht, was sie da gefunden haben: Amphitrite ist kein gewöhnlicher Himmelskörper. Es ist der schwarze Planet.

3,99 € – hardsf.de/links/1305827

Die Störung

Weiter als die vier Astronauten der Shepherd-1 ist noch nie jemand ins All vorgestoßen. Das Ziel ihrer Mission: die Entstehung des Kosmos zu beobachten. Ein Schwarm von Sonden soll so ausgerichtet werden, dass mit Hilfe der Sonne als Linse der Moment des Urknalls sichtbar wird.

Für die Astronomin Christine geht damit ein Traum in Erfüllung. Um so größer ist die Enttäuschung, als über den ersten Bildern ein Schleier liegt, der jede Erkenntnis verhindert. Wie besessen arbeitet sie an einer Lösung, doch als es ihr tatsächlich gelingt, den Schleier zu lüften, sieht sie etwas, das besser verborgen geblieben wäre …

14,99 € – hardsf.de/links/1107664

Proxima Rising (Proxima 1)

Gegen Ende des 21. Jahrhunderts erreicht die Erde ein Hilferuf vom sonnennächsten Stern Proxima Centauri. Ein

Strahlungsausbruch droht, die dortige Zivilisation zu vernichten. Die Menschheit ist ratlos, denn Hilfe zu leisten scheint technisch unmöglich. Einem russischen Milliardär gelingt es trotzdem, mit nicht ganz legalen Mitteln ein bemanntes Raumschiff auf die lange Reise zu schicken. Vor der ungewöhnlichen Crew steht eine übermenschliche Aufgabe. Erst recht, weil die Besatzungsmitglieder nicht mit dem rechnen, was der fremde Planet für sie bereithält.

3,99 € – hardsf.de/links/526922

Mars Nation 1

Endlich hat es die NASA geschafft: Der erste Mensch hat soeben seinen Fuß auf die Oberfläche unseres Nachbarplaneten gesetzt. Damit beginnt ein langer Forschungsaufenthalt, für den die Wissenschaftler ins All geschickt wurden.

Doch die vier Astronauten der Mars-Expedition sind nicht die einzigen mit diesem Reiseziel: Die durch Spenden finanzierte Initiative »Mars für Alle« zieht es ebenfalls auf den roten Planeten – die zwanzig Männer und Frauen möchten dort sesshaft werden und die erste Siedlung auf dem Mars gründen. Schon der Anfang birgt Schwierigkeiten: Das Raumschiff der MfA-Organisation, das kurz nach der NASA eintreffen soll, havariert im Orbit. Nur die vier NASA-Astronauten können jetzt noch helfen und versuchen, die Leben zu retten. Dabei ahnen sie nichts von der unvorstellbaren Katastrophe, die sich hinter ihrem Rücken anbahnt - und die ihre Existenz grundlegend in Frage stellt. Ganz zu schweigen von den alltäglichen Tücken, die ein Aufenthalt auf einem fremden

Planeten mit sich bringen kann. Es beginnt ein Kampf um begrenzte Ressourcen, menschlichen Zusammenhalt und das nackte Überleben.

3,99 € – hardsf.de/links/527010

Einschlag: Titan

Vor 250 Jahren hat sich die Menschheit zum großen Teil selbst zerstört. Ein versprengter Haufen von Forschern und Astronauten hat kurz vorher auf dem Saturnmond Titan eine neue Heimat gefunden – und überlebt, indem sich ihre Nachfahren der lebensfeindlichen Umgebung genetisch angepasst haben. Die Titanier, wie sie sich nennen, sind stolz auf die faire Gesellschaft, die sie sich aufgebaut haben, und weinen der alten, langsam wiedererstarkenden Heimat nicht hinterher. Doch dann löst sich aus dem Asteroidengürtel ein 30 Kilometer großer Gesteinsbrocken und nimmt Kurs auf die Erde. Für deren Bewohner muss es so aussehen, als ob das tödliche Bombardement von Titan aus gestartet wurde. Können die Titanier den Einschlag noch verhindern?

3,99 € – hardsf.de/links/733807

Das Triton-Desaster

Nick hält zwar den offiziellen Weltrekord für Starts ins All, aber eigentlich reizt ihn sein Astronauten-Job schon lange nicht mehr. Erst, als seine Frau ihn verlässt, ändert er sein Leben. Er geht auf das verlockende Angebot eines russischen Milliardärs ein: Wenn er eine simple Reparatur auf dem Neptun-Mond Triton übernimmt, ist er bei seiner Rückkehr mehrfacher Millionär und kann sich als Winzer in Kalifornien zur Ruhe setzen. Den Flug

wird er allein unternehmen, und er dauert immerhin vier Jahre, doch das stört ihn nicht. Menschen mag er sowieso nicht besonders. Sein Auftraggeber verschweigt ihm allerdings etwas, das ihn sein Leben kosten könnte - und die Menschheit ihre Existenz ...

3,99 € - hardsf.de/links/680494

The Wall: Ewiger Tag

Judith Rosenberg, Kapitänin des Raumschiffes ARES, steht unter Druck. Nachdem die Vorgängermission abgestürzt ist, soll sie die ersten Menschen auf dem Mars absetzen. Maxim Gontscharow hat derweil mit anderen Problemen zu kämpfen. Er leitet den Aufbau einer internationalen Mondbasis am Südpol des Mondes, wo die Sonne fast immer scheint. Doch seiner Crew gehen

langsam die Ressourcen aus. Die Menschheit scheint das Interesse am Mond verloren zu haben. Als die ARES auf einen interstellaren Besucher stößt, klären die Forscher auf dem Mond seine wahre Natur auf: eine Entdeckung mit furchtbaren Folgen, wie Judith und Maxim fast gleichzeitig feststellen müssen ... The Wall: Ewiger Tag schildert ein schicksalhaftes Ereignis, das das Sonnensystem und all seine Bewohner verändert. Doch jedes Schicksal besitzt zwei Seiten. In The Wall: Ewige Nacht von Joshua Tree lernen Sie die andere Seite kennen.

3,99 € - hardsf.de/links/618875

Der Untergang des Universums

Milliarden Jahre lang hat sich die unsterblich gewordene Menschheit in der ganzen Galaxis ausgebreitet. Ihre größte Enttäuschung liegt darin, dass sie keine andere vernunftbegabte Spezies gefunden hat. Jetzt aber steht die Menschheit selbst vor dem Untergang, denn das Universum stirbt einen langsamen Tod. Ihre einzige Hoffnung liegt deshalb im »Rettenden Projekt«. Es soll das Schwarze Loch im Zentrum der Milchstraße in einen Quasar verwandeln, um den Menschen auch in ihren letzten Atemzügen genug Energie zu liefern. Doch dann geschieht etwas, das niemand erwartet hätte – und die Menschheit muss sich und ihre Existenz in völlig neuem Licht betrachten.

4,99 € – hardsf.de/links/527019

Clouds of Venus

Die Venus ist ein lebensfeindlicher Planet, bedeckt von aktiven Vulkanen. Trotzdem startet die NASA eine Expedition, die nach Leben suchen soll, denn die dichten Wolken der heißen Schwester der Erde könnten dafür gute Bedingungen bieten. Ein speziell entwickeltes Airship dient den vier Astronauten als Forschungsplattform. Doch dann entdecken sie auf der glühenden Oberfläche gefährliche Aktivitäten, für die es nur eine Erklärung geben kann: Dort muss eine hoch entwickelte Lebensform am Werk sein.

3,99 € – hardsf.de/links/527016

Helium-3: Kampf um die Zukunft

Das System ist ideal. Vier Gasriesen bieten die einmalige Chance, genug des seltenen Helium-3 abzubauen, um das Überleben ihrer Spezies zu sichern. Dafür haben sie eine lange und gefährliche Reise auf sich genommen – eine Expedition ohne Wiederkehr. Doch dann müssen sie feststellen: Sie sind nicht allein! Die Anderen sind genauso auf die wertvolle Ressource angewiesen wie sie – aber sie sind so grundverschieden, dass eine Verständigung aussichtslos erscheint. Alles, was bleibt, ist ein Kampf auf Leben und Tod – und um die Zukunft…

3,99 € – hardsf.de/links/527009

The Hole

Ein mysteriöses Objekt droht, unser Sonnensystem zu zerstören. Obwohl das Überleben der Menschheit auf dem Spiel steht, nimmt niemand die Entdeckung der jungen Astrophysikerin Maribel Pedreira ernst. Währenddessen schürft an der Grenze unseres Sonnensystems eine eingeschworene Crew von Außenseitern auf einem Asteroiden nach seltenen Erzen – bis sich herausstellt, dass sie die

Letzten und die Einzigen sind, die unsere Welt vielleicht noch retten können.

Denn The Hole rast unerbittlich auf die Sonne zu.

3,99 € – hardsf.de/links/526925

Silent Sun

Verhält sich die Sonne anders als vergleichbare Sterne? Als Astronomen auf Teleskopbildern eine seltsame Entdeckung machen, scheinen sie eine Erklärung für das Rätsel der Sonne gefunden zu haben. Was genau es ist, kann jedoch nur eine erfahrene Crew herausfinden. Vier Menschen machen sich auf den Weg und wissen genau: Was vor ihnen liegt, ist nicht nur bedeutsam für die Vergangenheit, sondern vor allem auch für die Zukunft der gesamten Menschheit.

3,99 € – hardsf.de/links/526991

Der Riss

Quer durch den Himmel verläuft ein Riss. Er ist über Nacht entstanden. Jeder Mensch kann ihn sehen, aber die Physiker verzweifeln, weil sie keinerlei Signale empfangen. Der Riss besteht buchstäblich aus Nichts. Zunächst scheint keine Gefahr von ihm auszugehen, doch dann passiert etwas, das die schlimmsten Befürchtungen der größten Pessimisten weit übertrifft.

3,99 € – hardsf.de/links/527001

Enceladus (Eismond 1)

Im Jahre 2031 finden Forscher in den Signalen einer Roboter-Sonde, die den Saturnmond Enceladus studiert, eindeutige Spuren biologischer Aktivität. Beweise für außerirdisches Leben – eine Weltsensation. Fünfzehn Jahre später macht sich ein eilig

dafür gebautes, bemanntes Raumschiff
auf die weite Reise zum Ringplaneten.
Der Crew stehen nicht nur schwierige
siebenundzwanzig Monate bevor: Falls sie
es ohne Zwischenfall bis zum Enceladus
schafft, muss sie mit einem Bohrschiff den
Eispanzer des Mondes durchdringen.
Denn Leben kann nur am Grunde des
ewig dunklen Salz-Ozeans existieren, der
sich vor Milliarden Jahren in der Schale

des Eismondes gebildet hat, sagen die Astrobiologen. Doch
schon kurz nach dem Start macht eine Katastrophe ein
glückliches Ende des Abenteuers höchst unwahrscheinlich.

2,99 € – hardsf.de/links/526930

Eismond – der Sammelband (Eismond 1-4)

Der Sammelband enthält die vier
aufeinander aufbauenden Romane
»Enceladus«, »Titan«, »Io« und
»Enceladus – die Rückkehr«. Hinweis:
»Enceladus«, das erste Buch der Reihe, ist
hier in einer speziellen Version enthalten,
die einer chronologischen Erzählweise
folgt und einige zusätzliche Szenen bietet.

9,99 € – hardsf.de/links/526924

Jupiter (Eismond 5)

Das Expeditionsraumschiff ILSE ist mit brisanter Fracht auf
dem Weg zur Erde. Doch plötzlich häufen sich die
Fehlfunktionen und die Crew gerät in große Gefahr. Es scheint,
als hätten alle Schwierigkeiten mit dem Riesenplaneten Jupiter
zu tun, dessen Bahn das Schiff gerade kreuzt. Die Expedition
bewegt sich auf eine Katastrophe zu – weil eine unbekannte

Macht Pläne schmiedet, die die Zukunft der Menschheit beeinflussen sollen.

Jupiter spielt zum Teil zeitlich nach *The Hole*, Sie sollten also zunächst *The Hole* lesen.

3,99 € – hardsf.de/links/526995

Brandon Q. Morris in Englisch

Wussten Sie schon, dass viele meiner Titel auch in englischer Sprache erhältlich sind? Die Titel sind alle über Kindle Unlimited kostenlos zu lesen (oder für Käufer zum gewohnten Preis)

- The Enceladus Mission: hardsf.de/links/526999
- The Titan Probe: hardsf.de/links/527000
- The Io Encounter: hardsf.de/links/527008
- Return to Enceladus: hardsf.de/links/527011
- The Hole: hardsf.de/links/527017
- Silent Sun: hardsf.de/links/527020
- The Rift: hardsf.de/links/534396
- Proxima Rising: hardsf.de/links/610690
- Proxima Dying: hardsf.de/links/652197
- Proxima Dreaming: hardsf.de/links/705470
- Mars Nation 1: hardsf.de/links/762824

Brandon Q. Morris zum Hören

Auch als Hörbuch gibt es die meisten meiner Bücher bereits. Hören Sie doch mal rein! Bei Amazon zahlen Sie oft nur einen kleinen Aufpreis.

- Enceladus: hardsf.de/links/161101

- Titan: hardsf.de/links/160893
- Io: hardsf.de/links/160941
- Enceladus – Die Rückkehr: hardsf.de/links/160925
- Jupiter: hardsf.de/links/224451
- The Hole: hardsf.de/links/161021
- Silent Sun: hardsf.de/links/184274
- Der Riss: hardsf.de/links/304978
- Mars Nation 1: hardsf.de/links/348145

Science ohne Fiction?

Wenn Sie sich für die Geheimnisse des Alls interessieren, kann ich Ihnen noch diese Titel empfehlen:

- Die neue Biografie des Universums: hardsf.de/links/239871
- Die neue Biografie des Sonnensystems: hardsf.de/links/239894
- Die faszinierende Welt der Quanten: hardsf.de/links/239888
- Die faszinierende Welt von Relativität und Stringtheorie: hardsf.de/links/239889

Die neue Biografie von Sirius

SIRIUS IST der hellste Stern am Nachthimmel. Damit ist er natürlich auch der leuchtkräftigste Stern seines Sternbilds Großer Hund und heißt deshalb auch α Canis Majoris. Sein Name leitet sich vom griechischen Wort Σείριος ab, das »glühend« oder »sengend« bedeutet. Der »Hundsstern« markierte für die alten Griechen denn auch die »Hundstage«, die besonders heißen Tage des Sommers.

Mit einer visuellen scheinbaren Größe von −1,46 ist Sirius fast doppelt so hell wie Canopus, der zweithellste Stern. Sirius ist ein Doppelstern, der aus einem Hauptreihenstern des Spektraltyps A0 oder A1 mit der Bezeichnung Sirius A und einem Weißen Zwerg des Spektraltyps DA2 mit der Bezeichnung Sirius B besteht. Der Abstand zwischen beiden variiert zwischen 8,2 Astronomischen Einheiten (etwa zwischen Jupiter und Saturn) und 31,5 AE (etwas mehr als der Abstand von Neptun und Sonne). Die beiden Sterne brauchen für eine Umkreisung rund 50 Jahre.

Sirius erscheint sowohl aufgrund seiner intrinsischen

Leuchtkraft als auch wegen seiner Nähe zum Sonnensystem hell. Mit einer Entfernung von nur 8,6 Lichtjahren ist das Sirius-System einer der nächsten Nachbarn der Erde. Sirius rückt sogar allmählich näher an das Sonnensystem heran, sodass seine Helligkeit in den nächsten 60.000 Jahren leicht zunehmen wird. Danach entfernt sich Sirius wieder, doch auch für die nächsten 210.000 Jahre wird es sich noch um den hellsten Stern am Nachthimmel der Erde handeln.

Beobachtungsgeschichte von Sirius

Sirius ist bereits in einigen der frühesten astronomischen Aufzeichnungen zu finden. Die alten Ägypter verehrten ihn als Göttin Sopdet, Garantin für die Fruchtbarkeit ihres Landes, weil er extrem genau die Nilfluten vorhersagte. Die alten Griechen beobachteten, dass das Erscheinen von Sirius den heißen und trockenen Sommer ankündigte. Sie nahmen an, dass Sirius Pflanzen welken, Männer schwächen und Frauen erregen würde.

1717 entdeckte Edmond Halley die Eigenbewegung der »Fixsterne«, die man sich bis dahin als fest am Himmelszelt verankert gedacht hatte, indem er zeitgenössische astrometrische Messungen mit Daten aus Ptolemäus' »Almagest« (2. Jahrhundert n. Chr.) verglich. Dabei fand Halley heraus, dass die hellen Sterne Aldebaran, Arcturus und Sirius ihre Position deutlich verändert hatten. Sirius war ungefähr 30 Bogenminuten (etwa der Durchmesser des Mondes) nach Südwesten vorgerückt.

1868 war Sirius der erste Stern, dessen Geschwindigkeit gemessen wurde. William Huggins untersuchte das Spektrum des Sterns und beobachtete darin eine Rotverschiebung. Er schloss daraus, dass Sirius sich mit etwa 40 km / s vom Sonnensystem entfernte. Verglichen mit dem

heute bekannten Wert von −5,5 km / s war dies eine Über-
schätzung und hatte das falsche Vorzeichen. Tatsächlich
nähert sich Sirius. Vermutlich hat Huggins die Umlaufge-
schwindigkeit der Erde nicht berücksichtigt, was einen
Fehler von bis zu 30 km / s verursachen würde.

1844 folgerte der deutsche Astronom Friedrich Bessel
aus Änderungen in der Eigenbewegung von Sirius, dass er
einen unsichtbaren Begleiter haben musste. Am 31. Januar
1862 beobachtete der amerikanische Teleskopbauer und
Astronom Alvan Graham Clark erstmals den schwachen
Begleiter, der jetzt Sirius B oder liebevoll »der Welpe«
genannt wird. Die Sichtung von Sirius B wurde am 8.
März mit kleineren Teleskopen bestätigt.

Seit 1894 wurden immer wieder Unregelmäßigkeiten
der Umlaufbahn im Sirius-System beobachtet, was auf
einen dritten sehr kleinen Begleitstern hindeutete. Dieser
wurde jedoch nie bestätigt. Die beste Anpassung an die
Daten zeigt eine sechsjährige Umlaufbahn um Sirius A
und eine Masse von 0,06 Sonnenmassen. »Sirius C« wäre
damit fünf bis zehn Größenordnungen schwächer als der
Weiße Zwerg Sirius B, was die Beobachtung erschweren
würde. 2008 veröffentlichte Messungen konnten jedoch
erneut weder einen dritten Stern noch einen Planeten
erkennen. Es wird angenommen, dass ein scheinbarer
»dritter Stern«, der in den 1920er-Jahren beobachtet
wurde, in Wirklichkeit ein Hintergrundobjekt ist.

Sirius am Nachthimmel

Mit einer scheinbaren Größe von −1,46 ist Sirius der
hellste Stern am Nachthimmel, fast doppelt so hell wie der
zweithellste Stern, Canopus. Von der Erde aus erscheint
Sirius zu bestimmten Zeiten immer dunkler als Jupiter und
Venus sowie Merkur und Mars. Sirius ist von fast überall

auf der Erde sichtbar, mit Ausnahme der Breiten nördlich von 73 ° N. Aufgrund seiner Deklination von ungefähr −17 ° ist Sirius ein zirkumpolarer Stern aus Breiten südlich von 73 ° S. Von der südlichen Hemisphäre aus ist Sirius Anfang Juli sowohl am Abend, wo er nach der Sonne untergeht, als auch am Morgen, wo er untergeht, zu sehen.

Der Stern bildet zusammen mit Procyon und Beteigeuze für Beobachter auf der Nordhalbkugel einen der drei Eckpunkte des Winterdreiecks.

Aufgrund der Präzession (und der leichten Eigenbewegung) wird Sirius in Zukunft weiter nach Süden ziehen. Ab dem Jahr 9000 wird Sirius von Nord- und Mitteleuropa aus nicht mehr sichtbar sein, und ab dem Jahr 14.000 wird seine Deklination −67 ° betragen, sodass er in ganz Südafrika und in den meisten Teilen Australiens zirkumpolar sein wird.

Sirius lässt sich unter den richtigen Bedingungen sogar bei Tageslicht mit bloßem Auge beobachten. Idealerweise sollte der Himmel sehr klar sein, und die Sonne sollte schon tief am Horizont stehen.

Mit seiner Entfernung von 2,6 Parsec (8,6 Lichtjahre) enthält das Sirius-System zwei der acht der Sonne am nächsten gelegenen Sterne und ist das fünftnächste der der Sonne am nächsten gelegenen Sternensysteme. Der Sirius am nächsten gelegene große Nachbarstern ist Procyon, 1,61 Parsec (5,24 Lichtjahre) entfernt. Die 1977 gestartete Sonde Voyager 2 wird voraussichtlich in ungefähr 296.000 Jahren innerhalb von 4,3 Lichtjahren Abstand an Sirius vorbeifliegen.

Das Sirius-System

Sirius ist ein binäres Sternensystem, das aus zwei weißen Sternen besteht, die sich mit einem Abstand von im Mittel 20

AE umkreisen. Die hellere Komponente, Sirius A genannt, ist ein Hauptreihenstern vom frühen Typ A des Spektraltyps mit einer geschätzten Oberflächentemperatur von 9.940 K. Sein Begleiter, Sirius B, ist ein Stern, der sich bereits aus der Hauptreihe verabschiedet hat und zu einem weißen Zwerg geworden ist. Heute ist Sirius B zwar 10.000-mal weniger hell als Sirius A, doch einst war er der massereichere von beiden.

Das Alter des Systems wird auf rund 230 Millionen Jahre geschätzt. Damit ist es etwa im Vergleich zum Sonnensystem mit seinen 4,6 Milliarden Jahren überaus jung. Die Astronomen nehmen an, dass es zu Beginn seines Lebens aus zwei bläulich-weißen Sternen bestand, die sich alle 9,1 Jahre in einer elliptischen Umlaufbahn umkreisten. Das System sendet heute noch eine höhere als erwartete Infrarotstrahlung aus. Dies könnte ein Hinweis auf Staubmassen sein, was für einen Doppelstern ungewöhnlich wäre. Aufnahmen des Chandra-Röntgenobservatoriums zeigen, dass der Zwerg Sirius B seinen Partner als Röntgenquelle übertrifft.

Im Jahr 2015 verwendeten Vigan und Kollegen das VLT der Europäischen Südsternwarte, um nach Beweisen für substellare Gefährten zu suchen. Dabei konnten die Forscher das Vorhandensein von Riesenplaneten mit wenigstens vierfacher Jupitermasse ausschließen. Kleinere, einen der beiden Sterne eng umkreisende Planeten könnten noch existieren.

Sirius A ist ein Hauptreihenstern vom Spektraltyp A1 mit der Leuchtkraftklasse V und dem Zusatz m für »metallreich«. Seine Masse ist etwa 2,1-mal so groß wie die der Sonne. Interferometrische Messungen zeigen, dass sein Durchmesser das 1,7fache des Sonnendurchmessers beträgt. Sirius' Leuchtkraft ist 25-mal so groß wie die der Sonne, die Oberflächentemperatur beträgt knapp 10.000 K (Sonne: 5.778 K).

Die durch die Rotation des Sterns verursachte Verbreiterung der Spektrallinien erlaubt es, eine Untergrenze für die Rotationsgeschwindigkeit am Äquator zu bestimmen. Sie liegt bei 16 km/s, woraus eine Rotationsdauer von etwa 5,5 Tagen oder weniger folgt. Diese niedrige Geschwindigkeit lässt keine messbare Abplattung der Pole erwarten. Im Gegensatz dazu rotiert die ähnlich große Wega mit 274 km/s sehr viel schneller, was eine erhebliche Ausbuchtung am Äquator zur Folge hat.

Das Lichtspektrum von Sirius A zeigt ausgeprägte metallische Linien. Dies deutet auf eine Anreicherung von schwereren Elementen als Helium hin, wie etwa von spektroskopisch besonders leicht beobachtbarem Eisen. Das Verhältnis von Eisen zu Wasserstoff ist in der Atmosphäre etwa dreimal so groß wie in der Atmosphäre der Sonne. Vermutlich ist der in der Sternatmosphäre beobachtete hohe Anteil von schwereren Elementen nicht repräsentativ für das gesamte Sterninnere, sondern durch Anreicherung der schwereren Elemente auf der dünnen äußeren Konvektionszone des Sterns zustande gekommen.

Die Gas- und Staubwolke, aus der Sirius A gemeinsam mit Sirius B entstand, hatte laut gängigen Sternmodellen nach etwa 4,2 Millionen Jahren das Stadium erreicht, in dem die Energiegewinnung durch die langsam anlaufende Kernfusion die Energiefreisetzung infolge Kontraktion um die Hälfte übertraf. Nach zehn Millionen Jahren schließlich stammte die gesamte erzeugte Energie aus der Kernfusion. Sirius A ist seither ein gewöhnlicher, Wasserstoff verbrennender Hauptreihenstern. Er erzeugt bei einer Kerntemperatur von etwa 22 Millionen Kelvin seine Energie hauptsächlich über den Bethe-Weizsäcker-Zyklus.

Sirius A wird seinen Vorrat an Wasserstoff innerhalb der nächsten knappen Jahrmilliarde verbrauchen, danach den Zustand eines Roten Riesen erreichen und schließlich als Weißer Zwerg von etwa 0,6 Sonnenmassen enden.

Dann wird Sirius B wieder der größere und schwerere von beiden sein, denn bei ihm handelt es sich um einen der massereichsten bekannten Weißen Zwerge. Mit einer Masse von 1,02 Sonnenmassen übertrifft er den Durchschnitt von 0,5 bis 0,6 Sonnenmassen deutlich. Diese Masse ist in ein Volumen gepackt, das ungefähr dem der Erde entspricht. Die aktuelle Oberflächentemperatur beträgt 25.200 K. Da es keine interne Wärmequelle gibt, wird Sirius B stetig abkühlen, indem er die verbleibende Wärme über mehr als zwei Milliarden Jahre in den Weltraum abstrahlt.

Ein weißer Zwerg bildet sich, nachdem sich ein Stern aus der Hauptreihe entfernt und dann das Stadium des Roten Riesen durchlaufen hat. Dies geschah, als Sirius B vor etwa 120 Millionen Jahren weniger als die Hälfte seines gegenwärtigen Alters hatte. Der ursprüngliche Stern hatte geschätzte 5 Sonnenmassen und war ein Stern vom Typ B (ungefähr B4–5), als er sich noch in der Hauptreihe befand. Als Sirius B sich zum Roten Riesen aufblähte, hat er vermutlich die Metallizität seines Begleiters erhöht.

Sirius B besteht heute hauptsächlich aus einem Kohlenstoff-Sauerstoff-Gemisch, das durch Heliumfusion im Vorläufer-Stern erzeugt wurde. Es wird von einer Hülle aus leichteren Elementen überlagert, wobei die Schichten durch die hohe Oberflächengravitation nach Masse getrennt sind. Die äußere Atmosphäre von Sirius B besteht damit aus fast reinem Wasserstoff, dem Element mit der niedrigsten Masse, und es sind keine anderen Elemente in seinem Spektrum zu sehen.

1909 schlug Ejnar Hertzsprung als erster vor, dass Sirius Mitglied des Ursa-Major-Stroms sein könnte, basierend auf seinen Beobachtungen der Bewegungen des

Systems über den Himmel. Diese Sternengruppe besteht aus 220 Sternen, die sich gemeinsam durch den Raum bewegen und einst einen Offenen Sternhaufen bildeten. Analysen in den Jahren 2003 und 2005 ergaben allerdings, dass Sirius' Mitgliedschaft in der Gruppe fraglich ist: Der Ursa-Major-Strom hat nämlich ein geschätztes Alter von 500 ± 100 Millionen Jahren, während Sirius deutlich jünger ist. Das System könnte stattdessen Mitglied des vorgeschlagenen Sirius-Superhaufens sein, zusammen mit anderen verstreuten Sternen wie Beta Aurigae, Alpha Coronae Borealis, Beta Crateris, Beta Eridani und Beta Serpentis. Dies wäre einer von drei großen Clustern, die sich innerhalb von 500 Lichtjahren um die Sonne befinden. Die anderen beiden sind die Hyaden und die Plejaden. Jeder dieser Sternhaufen besteht aus Hunderten von Sternen.

Sirius – ein roter Stern?

Sirius erscheint dem Betrachter bläulich bis weiß. Im von Claudius Ptolemäus verfassten Almagest findet sich der Hauptstern des Sternbilds Großer Hund jedoch mit dem Eintrag »Der Stern im Maule, der hellste, der Hund[sstern] genannt wird und rötlich ist«. Seit dem 18. Jahrhundert knüpfen sich daran Spekulationen, ob Sirius tatsächlich während der letzten 2000 Jahre seine Farbe geändert haben könnte. In diesem Fall würde Ptolemäus' Bemerkung wertvolles Beobachtungsmaterial sowohl allgemein zur Sternentwicklung als auch speziell zu den Vorgängen in der Sonnenumgebung liefern.

Es lässt sich auch unter Betrachtung weiterer Quellen jedoch nicht eindeutig entscheiden, ob Sirius in der Antike als rot wahrgenommen wurde oder nicht. Ein assyrischer Text aus dem Jahre 1070 v. Chr. beschreibt Sirius als »rot wie geschmolzenes Kupfer«. Sirius wird von Aratos in seinem Lehrgedicht »Phainomena« sowie von dessen späteren Bearbeitern als rötlich bezeichnet. Bei Plinius ist Sirius »feurig« und bei Seneca sogar röter als Mars. Auch der frühmittelalterliche Bischof Gregor von Tours bezeichnet Sirius in seinem Werk »De cursu stellarum ratio« (ca. 580 n. Chr.) noch als roten Stern. Andererseits bezeichnet Manilius Sirius als »meerblau«, und vier antike chinesische Texte beschreiben die Farbe einiger Sterne als »so weiß wie [Sirius]«. Darüber hinaus wird Sirius oft als stark funkelnd beschrieben; ein eindrucksvolles Funkeln setzt aber die vollen Spektralfarben eines weißen Sterns voraus, während das mattere Funkeln eines roten Sterns kaum Aufmerksamkeit erregt hätte. Fünf andere von Ptolemäus als rot bezeichnete Sterne (u. a. Beteigeuze, Aldebaran) sind auch für den heutigen Betrachter rötlich.

Nach heutigem Verständnis der Sternentwicklung ist ein Zeitraum von 2000 Jahren bei weitem nicht ausreichend, um bei den betreffenden Sterntypen sichtbare Veränderungen bewirken zu können. Demnach ist weder ein Aufheizen von Sirius A von einigen tausend Kelvin auf die heutigen knapp 10.000 K, noch eine Sichtung von Sirius B in seiner Phase als Roter Riese denkbar. Alternative Erklärungsversuche konnten bislang allerdings auch nicht vollständig überzeugen. Eine zwischen Sirius und der Erde durchziehende interstellare Staubwolke könnte zum Beispiel eine erhebliche Rötung des Lichts durchscheinender Sterne verursacht haben. Sie hätte aber Sirius' Licht auch so stark schwächen müssen, dass er allenfalls als unauffälliger Stern dritter Größenklasse erschienen wäre. Spuren einer solchen Wolke wurden zudem nicht gefunden.

Die irdische Atmosphäre rötet das Licht tief stehender Gestirne ebenfalls, schwächt es aber nicht so stark ab. Da der Aufgang des Sirius für viele antike Kulturen ein wichtiger kalendarischer Fixpunkt war, könnte die Aufmerksamkeit besonders dem tief stehenden und dann rötlich erscheinenden Sirius gegolten haben. Diese Farbe könnte Sirius dann als kennzeichnendes Attribut beibehalten haben. Theoretische Rechnungen deuten an, dass die Atmosphäre in der Tat das Licht eines Sterns ausreichend röten kann, ohne die Helligkeit unter die Farbwahrnehmungsschwelle zu drücken. Praktische Beobachtungen konnten bisher aber keinen ausgeprägten Rötungseffekt feststellen.

»Rötlich« könnte schließlich auch ein lediglich symbolisches Attribut sein, das Sirius mit der von seinem Erscheinen angekündigten Sommerhitze in Verbindung bringt.